古典文獻研究輯刊

二四編

曾永義 主編

第 10 冊

禁戲（增補本）（下）

李 德 生 著

國家圖書館出版品預行編目資料

禁戲（增補本）（下）／李德生 著 -- 初版 -- 新北市：花木蘭
文化事業有限公司，2021〔民110〕
目 8+142 面；19×26 公分
（古典文學研究輯刊　二四編；第 10 冊）
ISBN 978-986-518-572-5（精裝）
1. 戲曲史
820.8　　　　　　　　　　　　　　　　110011666

ISBN-978-986-518-572-5

古典文學研究輯刊
二四編　第 十 冊　　　　　ISBN：978-986-518-572-5

禁戲（增補本）（下）

作　　　者　李德生
主　　　編　曾永義
總 編 輯　杜潔祥
副總編輯　楊嘉樂
編　　　輯　許郁翎、張雅淋、潘玟靜　美術編輯　陳逸婷
出　　　版　花木蘭文化事業有限公司
發 行 人　高小娟
聯絡地址　235 新北市中和區中安街七二號十三樓
　　　　　電話：02-2923-1455 ／傳真：02-2923-1452
網　　　址　http://www.huamulan.tw 信箱 service@huamulans.com
印　　　刷　普羅文化出版廣告事業
初　　　版　2021 年 9 月
全書字數　229897 字
定　　　價　二四編 20 冊（精裝）台幣 45,000 元　　版權所有・請勿翻印

禁戲（增補本）（下）

李德生　著

目

次

下　冊

第四章　中華人民共和國建國初期（1949～1964）

第三章　臺灣禁戲（1949～1990）

1.《紡棉花》

劇名：《紡棉花》，亦名《得勝還家》。

劇情：《紡棉花》一劇的起始和演出形式的變化，前文已有述說，在此不再贅述。但在表演內容方面，在臺灣則有了很大的改變。

根據連橫《雅言》一書的記載：在光緒十七年（1891）年之前，臺灣省內是沒有京劇班社演出的。而「本島戲既不堪入目，內地（指日本）戲尤非本島人之所嗜好」。是年，臺灣布政使司唐崧為母祝壽，特地請來了一個上海戲班赴臺演出京調，這是目前可考的最早的一次京劇演出記錄，開創了京劇在臺灣生根發芽的始端。據徐亞湘《日治時期中國戲班在臺灣》一書的統計，從1908年到1936年的三十年間，約有五十多個上海京班來臺演出，播撒京劇種子。到二十世紀二十年代初，當「永樂座」劇場落成之後，京劇已成為臺灣觀眾喜聞樂見的大劇種。

禁與解禁：1948年張翼鵬、海慧玲、徐鴻培相繼來臺巡演，繼而顧正秋率團留臺，為京劇在臺的發展奠定了堅實的基礎。其後，隨著上百萬國民黨軍政人員及家屬的遷臺，以「勞軍」為目的組建的軍隊京劇團，如「大鵬」、「海光」、「陸光」、「軍聲」、「明駝」等均先後成立，無數的京劇傳統戲、清裝戲、時裝戲、連臺本戲就此熱熱鬧鬧地唱了起來。於是乎，哪些劇目能唱，哪些劇目不能唱，就被提到議事日程上來。「國防部」負責審查，「教育部」負責認證，開始執行對戲劇的「准演」與「禁演」的制度。《紡棉花》是當年的熱門戲，前文已有介紹。但其內容適不適合「勞軍」呢？顯然，很不適合當年的

政治要求。

　　不適合，就禁演。《紡棉花》與《大劈棺》、《馬寡婦開店》、《殺子報》等一系列劇目都因為「內容有違社會風俗」，在臺灣成了禁戲。但是，由於《紡棉花》表演的隨意性，有的劇團開始修改戲中的演唱內容，以「化腐朽為神奇」。名旦劉玉琴和名丑馬元亮在戲中加上了《投軍別窯》、《大登殿》、《大回朝》；把學唱流行歌曲的地方，加入《軍隊進行曲》、《打回老家去》等應時的「革命」歌曲，而且把劇名改為《得勝還家》。這樣一來，不僅順利地通過了戲檢，而且越唱越紅。軍隊劇團紛紛傚仿，一度成了「勞軍」必演的節目。

　　2.《四郎探母》（3）

　　　劇名：《四郎探母》，或稱《探母回令》。

　　　《四郎探母》劇照，臺灣著名京劇演員周正榮飾楊四郎，徐露飾鐵鏡公主。

　　劇情：《四郎探母》的故事情節在前邊已有詳述，這裡不再重複。此劇情節緊湊，高潮迭起，從《坐宮》起，十場戲一氣呵成。角色齊全，唱、念、做、舞，科白、打諢，安排恰當，精彩紛呈，因此歷久不衰，直到而今，《四郎探母》還是京劇的經典，是一齣家喻戶曉的「熱門戲」。

　　禁與解禁：因為此劇有漢、番交惡的歷史背景，使其蒙上了濃厚的政治色彩和民族傾向。1949年，國民黨軍隊戰敗退守臺灣之後，「臺灣政府」為了「穩定軍心民心」，採取了文化專制政策，由「國民教育部」出面明令禁演此劇。主要是因為楊四郎「思親戀故」，「動搖軍心」。楊四郎一出場的定場詩便是：「失落番邦十五年，雁過橫洋白一天。高堂老母難得見，怎不叫人淚漣漣！」接著一大段慢板，一大段的「我好比」，唱的都是思鄉懷故之苦。上百萬的官兵和隨軍來臺的民眾，與大陸故里都有著千絲萬縷的聯繫，這樣的思鄉「楚歌」，撕心裂肺，於偏安的政治局面極為不利。因此，禁唱禁演，而且一禁就有十多年。

　　此劇在臺灣正式開禁的時間應該是1978年5月，臺灣著名的京劇演員顧正秋、章遏雲、姚玉蘭、哈元章、周正榮等人聯合公演了這齣戲。1978年6月4日臺灣《時報週刊》報導：「這兩場『探母』，三演公主、五演四郎，再加上蕭太后、佘太君、四夫人，個個都是挑梁擔綱的大角，人人都有自己的專任琴師，隨著『角兒』同進同退。因之，『場面』上人員之多，進退之頻，也是從未之有的奇景」。飾演楊四郎的胡少安，在「見弟」一場戲中，特意加了一段「戴罪立功」的戲。由楊四郎向楊六郎獻上了一份能破天門陣的「軍事地圖」。他在唱「問賢弟老娘今何在」之前，還加了這麼四句唱：

　　　　可有良謀平北塞，正為此事掛心懷。

　　　　天門陣圖隨身帶，此功定可上雲臺。

　　有一段時間，臺灣的京劇演員為了公演此劇，不得不「委曲求全」，把楊四郎上場時念的「金井鎖梧桐」，改成「被困幽州，家國恨，常掛心頭」。定場詩後也加上了「忍辱偷生、伺機報效」等字句。

3.《霸王別姬》

　　劇名：《霸王別姬》

　　劇情：《霸王別姬》一劇，是根據明代沈采著傳奇《千金記》改編而成的一齣歷史大悲劇。此劇的前身是國劇宗師楊小樓與尚小雲、高慶奎在1918年演出的《楚漢爭》。因為內容極佳，經齊如山、吳震修二位重新編撰，擇其精華，刪繁就簡，寫成《霸王別姬》。故事講述楚漢相爭時，韓信用「十面埋伏」之計，把項羽困在垓下。楚霸王突圍無計，悶坐帳中，慷慨悲歌。歌曰：「力拔山兮氣蓋世，時不利兮騅不逝！騅不逝兮可奈何？虞兮，虞兮，奈若何！」虞姬獻劍舞，為霸王解憂。忽然探馬飛報：「大軍壓境，漢軍分四路圍攻。」

項羽立即披掛出帳，探馬又報：「四面楚歌，八千子弟兵俱已散盡。」虞姬勸項羽逃走，以期他日東山再起。為了解除霸王的眷顧，猛然拔劍自刎而死。項羽救之不急，悲憤再戰，最終力盡窮途，自刎烏江。

《霸王別姬》劇照，臺灣著名京劇演員魏海敏飾虞姬。

禁與解禁：這本來是一段歷史故事，梅派弟子無不擅演此劇。而中國戲劇「高臺教化」之旨，培養出的觀眾都能「借古思今」，「替古人掉眼淚」。第二次國內戰爭後期，國民黨數十萬大軍連連失利，節節敗退，最後退守臺灣，偏安一隅。無數黨政軍要員背井離鄉，蝸居孤島。在隨軍劇團的一次演出中，霸王剛一上場，臺下已是一片唏噓；當虞姬剛唱道：「漢軍已擄地，四面楚歌聲」的時候，全場已經一片大慟，座中竟有兩位要員頓足失聲、號啕大哭，被侍從忙不迭地當場扶出。其後，國民政府「國防部」戲劇審核小組便報告上級，要求禁演此戲。這件事發生在 1950 年前後。

　　「霸王」的末路之悲，自是當年臺灣當局的一大禁忌。此戲被禁，自然也會帶來不少遺憾，損失了「梅派」的一齣代表劇目，也使臺灣的「梅派」演員折翼鎩羽，失去了不少光彩。數年後，臺灣政局趨於穩定，京劇藝人們運用了自己的睿智，遊走於政府審查尺度的邊緣，對全劇的詞句進行了重新修改，把劇名也改為《虞姬恨》。只強調「英雄美人」和古代女性的愛情遺恨，這樣再次送審，才批准通過。（事見 2006 年臺灣「中新社」臺北 12 月 12 日記者耿軍報導：《藝人談「禁戲」》）。

4.《春閨夢》

　　劇名：《春閨夢》

　　劇情：《春閨夢》一劇，是根據唐代詩人杜甫《新婚別》、《兵車行》及陳陶的《隴西行》：「誓掃匈奴不顧身，五千貂錦喪胡塵。可憐無定河邊骨，猶是春閨夢里人」的詩意編寫而成。

　　劇本假託漢代末年，公孫瓚和劉虞互爭權位，發動了內戰。河北人民慘遭塗炭。壯士王恢在新婚不滿一月的時候，就被強徵入伍，到陣前打仗。在一次戰爭中，不幸中箭身亡。他的妻子張氏，空閨獨守，終日倚門盼望夫婿早還。不覺積思成夢，夢見王恢解甲歸來，張氏又是歡欣，又是哀怨。二人互傾相思之苦，祈盼天下太平。突然間戰鼓驚天，亂兵雜沓，鴛鴦夢破，眼前一片骷髏。嚇得張氏驀地驚醒，身邊良人已杳，方知都是夢境。

　　1931 年，正值中國軍閥內戰，兵燹四起，民不聊生。程硯秋先生目睹了這些悲慘的現實，編演了這齣大悲劇。其中一段著名的「二黃快三眼」唱道：「沒來由一陣陣撲鼻風腥。那不是草間人饑鳥坐等，那不是破頭顱目還未瞑，又見那死人須還結堅冰。寡人妻孤人子誰來存問？這骷髏幾萬千全不知名。隔河流有無數鬼聲淒警，聽啾啾和切切，似訴說、冤魂慘苦，願將軍罷內戰及早休兵。」他借劇中人張氏之口，發自內心地疾呼，停止內戰、渴望和平。該劇在程先生的創造和演繹下，藝術地表達出反戰的偉大主題，成為中國京劇史中的一部經典之作。

　　禁與解禁：此劇在公演時，其鮮明的反戰色彩，一度掀起輿論風波。時人有《竹枝詞》云：

　　　　無端兵氣起燕雲，塞上悲笳不忍聞。
　　　　偏是春閨空入夢，何來男子盡充軍！
　　　　儂無彩鳳雙飛翼，郎似鴛鴦兩失群。

表演新婚堪灑淚，心憂怎得不如焚！

此詩出自《立言畫刊》1939 年第 26 期，真切地反映出觀劇人對此戲的切身感受。彼時，北平日偽政權一度欲以「影響軍心」之名宣布禁演，但最終礙於輿論，未能實施。直到日本投降之後的 1946 年 12 月，程硯秋為了慶祝抗日勝利，在上海天蟾舞臺再度公演此劇。程硯秋飾張氏，儲金鵬飾王恢，慈少泉飾丫環；由周長華操琴，白登雲司鼓。

在臺灣，《春閨夢》一劇一直被國民政府禁演，理由是，該劇「反對戰爭，影響軍心」。直到 1995 年元月，此劇才由國光京劇團搬上舞臺，首演於臺北中山堂。程派演員王耀星和汪勝光分別飾演張氏和王恢，劇場效果十分強烈。

5.《讓徐州》

劇名：《讓徐州》

劇情：曹操因其父曹嵩被徐州牧陶謙部將張闓所殺，就親率大軍攻打徐州。劉備領兵營救陶謙，殺入城中。陶謙見劉備仁厚，即欲將徐州牧印相讓。劉備堅辭不受，是為一讓徐州。劉備致書曹操，勸其退兵。適逢呂布奪占兗州，曹操順勢退兵。陶謙邀請前去救援的孔融、田楷等人赴宴，提出自己年邁，二子不才，再次請劉備管領徐州。劉備以為受之不義，仍然拒之不受。陶謙乃請劉備屯兵小沛，以保徐州，是為二讓徐州。不久，陶謙病重，請劉備來至榻前，再次懇請備以漢家城池為重，受取徐州牧印。劉備仍欲推辭，徐州百姓皆哭請劉備管領州事，劉備只得領受徐州牧，是謂三讓徐州。

此劇以言菊朋所飾陶謙最為世人稱道；其中的一段〔二黃〕，優美動聽，膾炙人口，當年如同今日的流行歌曲一般，幾乎人人會唱：

未開言不由人珠淚滾滾，
千斤重任我就要你擔承。
二犬子皆年幼難當重任，
老朽年邁我也不能夠擔承。
望使君放開懷慨然應允，
救生民積陰功也免得我坐臥不寧。

禁與解禁：臺灣當局之所以禁演此戲，是因為戲名太不吉利。一提《讓徐州》，就會使政要們想起抗日戰爭時期的「徐州會戰」。1938 年，中國最高軍事當局令第五戰區集中兵力於徐州附近，準備聚殲日軍。日軍改以部分兵力在正面牽制，主力向西迂迴，企圖從側後方包圍徐州，殲滅第五戰區主力。

彼時，數十萬抗日軍民，同仇敵愾，在韓莊、邳縣、臺兒莊和徐州一帶，痛殲日寇數萬之眾，取得了抗日戰爭的第一次大勝利，振奮了全軍的抗日決心。但是，由於更多的日軍已形成對徐州四面合圍的態勢，中國最高軍事會議決定放棄徐州。於 5 月 15 日，各部隊分別向豫、皖邊界山區突圍。19 日徐州陷落敵手。為阻止日軍前進，蔣介石下令在鄭州東北花園口附近，炸開黃河大堤，河水經中牟、尉氏沿賈魯河南泛。迫使日軍向黃泛區以東地區撤退。

此役，中國軍隊廣大官兵英勇奮戰，有效地阻止了日軍的南侵，粉碎日軍迅速佔領中國的美夢，也消耗了日軍有生力量。但是，這一牽動億萬國人心弦的「先勝後讓」，終是一段十分慘烈、悲痛的血淚史。故而，國人對「徐州」的撤退有著切膚之痛，多年不願提及，也不忍提及。常言說「心哀泣物」，禁演此劇的理由是「容易讓人聯想到中日徐蚌會戰的徐州失守」，其中的感情成分起著重要作用。

1990 年，兩岸關係鬆動，禁戲的政策無疾而終，《讓徐州》一劇始得公演。國光京劇團唐文華飾演的徐州牧陶謙，唱得聲情並茂，為人稱讚不已。

6.《走麥城》

劇名：《走麥城》

劇情：三國時期，蜀將關羽攻佔樊城，曾經水淹七軍，聲威大震。逼得曹操曾多次避其鋒芒，議及遷都。建安二十四年十月，江東大將呂蒙乘關羽與樊城守將曹仁對峙之時，偷襲荊州，攻佔了關羽的大本營江陵。關羽腹背受敵，急忙從樊城撤兵西還，駐紮麥城，整頓兵馬。呂蒙採取分化瓦解的策略，使鎮守公安的大將傅士仁歸降了東吳。關羽聞知，怒氣衝天，昏厥於地。將士亦無心戀戰，兵馬離散。孫權又派人過營，幾度誘降關羽。關羽在孤立無援的情況下，偽稱投降，在城頭豎立幡旗，假充軍士。自己抽身逃走，只有十多名騎兵跟隨。孫權派朱然、潘璋斷了關羽的後路，在臨沮捉獲關羽和關平。父子堅貞不降，終被殺害。這是一齣悲壯的紅生戲，為老三麻子王鴻壽獨擅。後有麒麟童、林樹森、李洪春、李萬春等人演出此戲，也都深得神髓。

禁與解禁：對於「關公戲」的演出，在清代就有多種說法和禁忌。如雍正十三年（1735）山西祀關聖演戲曾被政府責罪：「士子祀先師、文昌，農祀龍神，市人祀關聖、城隍、財神，各從其類；然多聚會、斂供、演戲，四時不絕，傷財廢業，蕩人心志，非美俗也，宜急變之。」在這一系列龐大神祇體系中，作為民間社會生活中的戲劇演出，往往對神多有不敬之處，輿論便常常

給予指責和勸禁。據齊如山《京劇之變遷》載：「乾隆中，米應先（即米喜子）演關公戲，因演得像真關公顯聖，致使團拜御史不覺離座。此後便不許演關公戲。」可見，藝術表現亦不容僭越聖賢的禁弦，越到清代後期繃得越緊。正因如此，平時「關公戲」演出就少，演關公倒楣走麥城這種不吉祥的戲，也就更加稀少了，幾乎如同禁戲一般。

2006 年 1 月 13 日至 15 日，臺灣國光劇團在臺北「中山堂」推出了一次「禁戲匯演」的活動，三天一共演出十個戲碼，其中便有《走麥城》。記者耿軍曾對參加演出的演員進行採訪，對這齣戲為什麼列入禁戲一事連連發問。國光京劇團主演張義奎起身說道：「此劇並沒有被任何單位禁止，是一般戲班出於對關公的信仰及演員的禁忌，多不敢演出此劇，視為不祥。平時演任何關公戲，劇團都特別謹慎，飾演關老爺的演員，更要謹慎禮敬。而《走麥城》演關聖昇天，自然更添恐懼。」他還說：「我們這次演出前，團長、藝術總監和主要演員，要特別、專程到行天宮上香祈求關公神靈庇祐。」

7.《文姬歸漢》

劇名：《文姬歸漢》

劇情：文姬歸漢的故事取材於《後漢書・董祀妻傳》。文姬，指的是漢代大文學家蔡邕的女兒蔡文姬。文姬名琰，博學有才辯，又妙於音律。最初，嫁與河東人衛仲道，其夫因病早亡，文姬孀居故里。時值天下動亂，四處交兵。董卓在長安被誅之後，其父蔡邕曾因董卓授官中郎將而獲罪，為司徒王允所囚，處死獄中。蔡文姬於兵荒馬亂之中，被羌胡兵所擄，流落到南匈奴左賢王部，被左賢王納為嬪妃。文姬在胡地居住十二年，為左賢王生有二子。

到了建安中年，曹操軍事力量不斷強大，呂布、袁紹等割據勢力被逐步削平，中國北方趨於統一。在這種狀況下，曹操出於對故人蔡邕的懷念，痛其無嗣，乃遣使周近以金帛玉璧將蔡文姬從左賢王處贖回。讓她整理蔡邕所遺書籍，得四百餘篇，為中國文化傳播史做出了重大的貢獻。這段佳話被後代文人編入了小說、戲劇之中，被以管絃，廣泛流傳。諸如元金志南的《蔡琰還漢》雜劇，明陳與郊的《文姬入塞》雜劇，清尤侗的《弔琵琶》雜劇，以及小說《三國演義》的有關章節，都以濃彩重墨刻畫了蔡文姬這一傳奇人物。

程硯秋在二十世紀二十年代後期，改編排演了這齣《文姬歸漢》，他在王瑤卿先生的幫助下，創造了一整套精美絕倫的「程派唱腔」。一經公演，便成

了膾炙人口的經典作品。其中的唱詞多由《胡笳十八拍》改編而來。其中《胡笳十四拍》用的則是原詞，開創了京劇演唱古典詩詞的先河。

禁與解禁：1948 年，蔣介石帶領了近百萬人馬退至臺灣。彼時人心浮動，日日思歸。臺灣「教育部」明令禁止京劇團演唱《文姬歸漢》。因為，劇中有這樣一段著名的程腔：

> 見墳臺哭一聲明妃細聽，我文姬來奠酒訴說衷情；
> 你本是誤丹青畢生飲恨，我也曾被蛾眉累苦此生。
> 你輸我及生前得歸鄉井，我輸你保骨肉幸免飄零；
> 問蒼天何使我兩人共命，聽琵琶馬上曲悲切笳聲；
> 看狼山聞隴水夢魂猶警，可憐你留青冢獨向黃昏。

這些「離愁別緒，斷腸思歸」的唱詞，如果廣泛流傳，勢必會動搖臺灣的軍心民意。所以，禁演《文姬歸漢》也是國民黨當局的「無奈」之舉。

直到二十世紀七十年代，章遏雲才開始在臺灣正式公演此劇。章遏雲為「四大坤旦」之一，1954 年由香港赴臺，偶有演出，萬人空巷。收徒古愛蓮、邵佩瑜、張安平，對他們精心指導、傾囊相授。

8.《昭君出塞》

劇名：《昭君出塞》，亦名《出塞》或《漢明妃》。

劇情：早在漢高祖時期，出於穩定邊疆的政治要求，婁敬提出了和親的建議。但呂后只有一女，不忍心將她遠嫁番邦，和親的計劃並沒有付諸實施。但是，當時的匈奴單于對於和親大感興趣。漢高祖劉邦死後，冒頓單于竟向呂后求婚，說什麼「孤僨之君，生於沮澤之中，長於平野牛馬之城，數至邊境，願遊中國。孤僨獨居，無以自娛，願以所有，易其所無。」呂后無奈，只好以宗室女喬裝成公主嫁給冒頓，從此拉開了漢、番和親的序幕。

戲中講述漢元帝建昭元年，下詔徵集天下美女補充後宮，王昭君入宮時年方 16 歲。畫工毛延壽從中作梗，使昭君未能見寵。其後，毛延壽獻昭君畫像於匈奴單于呼韓邪。呼韓邪前來朝覲，索要昭君和親。《後漢書·南匈奴傳》載：「昭君字嬙，南郡人，元帝時以良家子選入掖庭。時呼韓邪來朝，帝敕以宮女五人賜之。」昭君為呼韓邪生下一子，次年，呼韓邪去世，依照匈奴的禮俗，王昭君下嫁了新單于雕陶莫皋。夫妻生活恩愛甜蜜，接連生下兩個女兒。死後，葬在大黑河南岸，世謂「青冢」。《出塞》一劇，描寫的是昭君辭朝下殿，懷抱琵琶毅然出塞的一節。

《昭君出塞》劇照，臺灣著名京劇表該藝術家顧正秋飾王昭君。

　　西晉時，為避司馬昭的名諱，改稱「昭君」為「明君」，後始有「明妃」一說。除《漢書》、《西京雜記》、《樂府古題要解》等典籍對王昭君的事蹟有詳細的記載外，歷代詩人詞客為王昭君寫的詩詞，亦有數百首之多。

　　尚小雲先生於二十世紀二十年代中期排演了全本的《漢明妃》，公演之後，頗為時人歡迎。其後，又擇取劇中精華，精排了《昭君出塞》。他飾演的王昭君，一改舊日悲哀淒慘之態，成功地塑造了一位巾幗女傑的藝術形象，毫不留情地揭露了封建統治階級的昏庸和腐敗。《出塞》是全劇的高潮，王昭君離國別家的心情，塞外風雪的侵襲，道路的崎嶇難行，尚小雲以載歌載舞的表演，創造出一種真實的意境，使人們感到王昭君騎著馬孤獨地走在塞外的古道上，留戀故國的心情益加沉重，悲涼的氣氛也更為濃烈。使王昭君的那種剛強、勇敢的性格也有了進一步的表現。

禁與解禁：這齣戲中，王昭君唱道：

　　文官濟濟俱無用，武官森森也枉然，

　　偏教俺紅粉去和番。

　　臣僚啊！於心怎安？於心怎安？

　　這樣的唱詞正好刺痛了臺灣當局敏感的政治神經。顯然，是對臺灣當局中的文武官員有大不敬之嫌。因此，該劇在二十世紀五十年代，未能通過臺灣「國防部」、「教育部」的審查，被列為禁戲。後來，劇團把這段戲詞改為：

　　文官濟濟全大用，武將森森列兩班，

　　只為俺紅粉甘願去和番，

　　臣僚送，於心怎安？於心怎安？

　　妙筆一揮，情境翻轉，甘願和番的昭君立刻被解除禁律，重登舞臺，由魏海敏在臺北正式公演。

　　該團藝術總監王安祈在回答記者問時說：「在政治尚未開放的年代，政府對藝文活動、藝術創作都會有一些審查制度。當時不止『禁戲』，還有禁書，禁歌，電影的『電檢處』等等，在軍政體系翼護下的京劇團，其實也不能避免。面對政府的審查，劇團『上有政策、下有對策』，通常改改戲名、改一些唱詞，就不會被禁了，就是這樣『遊走尺度邊緣』，在縫隙中呼吸。」

9.《斬經堂》

　　劇名：《斬經堂》，亦名《吳漢殺妻》。

　　劇情：故事寫漢末王莽篡位以後，將自己的女兒南寧公主（王蘭英）配婚吳漢為妻，且命吳漢鎮守關中要塞潼關。劉秀起兵復國，被吳漢擒獲；吳漢稟知母親甯氏。甯氏命吳漢放走劉秀，且告知王莽曾殺死其父，既是亂臣賊子，又是弒父的仇人，要他殺死兒媳王蘭英，投劉反莽。吳漢是一個孝子，又是一個好丈夫，但在母親的嚴命之下，無可奈何，仗劍來至經堂。其妻驚問情由，吳漢哭泣以告，二人相擁大慟。蘭英求生不得，乃奪劍自刎，吳母亦隨之自盡，以勵吳漢反莽的決心。吳漢妻、母俱喪，乃火焚府第，投奔劉秀而去。

　　劇中有一段震顫人心的唱段：

　　前堂奉了母親的命，經堂又將你人頭割；

　　我本當殺了你，怎奈是我們恩愛夫妻難以下毒手；

　　我本當不殺你，怎奈是我的老娘前堂等人頭；

這才是馬到臨崖難回頭，船到江心難補漏！

賢公主，只為你是仇人之女不可留，我淚如雨流，賢公主啊！

使人聞之涕下，慘不忍睹。

禁與解禁：1937 年 5 月 21 日《申報》有文贊道：「周信芳是當代舊劇界的革命藝人，他有精深的修養和對於京劇的獨到的見解。他所演的劇本，都是有生命、有情感，不同凡俗。」像《斬經堂》這樣尖銳的戲劇矛盾，在傳統戲中確屬少見。特別是在人物行為和命運的揭示上，有一種絞著人情味的苦痛。經過周信芳的精心演繹，戲中的那種夫妻恩愛、「仇人」的善良；母子的忍辱、婆媳的情深！這些糾纏不清的情感與外界因素的衝撞，使所有人都面臨著艱難的抉擇，更使觀眾產生撕心裂肺般的傷感與震動。據我岳母王娟英（著名評劇表演藝術家鮮靈芝）回憶，她在二十世紀四十年代，在南京曾與周信芳以「兩下鍋」的形式，合演過這齣戲（飾演王蘭英）。在場上，周信芳先生那種感情真切的表演，使人身不由己地與他一起進入戲中。一場戲下來，回到後臺還會哭上半天，許久還不能從戲裏出來。

《斬經堂》這齣戲在臺灣被審查沒有通過，原因是「殺妻劇情，有害善良風俗」，因此禁演此戲。據臺灣《聯合報》記者李玉玲報導，直至 1987 年，此戲才由國光京劇團恢復演出。

10.《無底洞》

劇名：《無底洞》，亦名《孫悟空大戰白鼠精》。

劇情：《無底洞》是一齣由武生、武旦、武丑和武二花飾演的神話武打劇。此劇最晚在同光時期已有演出，而且是一齣婦孺皆知，家喻戶曉的劇目。

《無底洞》故事出自《西遊記》第八十二、八十三回，描寫唐三藏率悟空、悟能、沙僧師徒一行赴西天取經，一日行到陷空山下，山中無底洞內的白鼠精要吃唐僧肉，以求長壽，就變作一位漂亮的少女，自縛於樹上，高呼救命。豬八戒貪戀女色，上前救助。孫悟空憑著火眼金睛，早已看破她是妖精幻化，便欲除之。唐僧是一片菩薩心腸，不聽悟空勸阻，將其救下，攜其同行。白鼠精乘機將唐僧攝入洞內。悟空等人追至無底洞內，戰之不勝，八戒、沙僧也被陷在洞中。悟空逃出，卻發現洞中供有托塔天王李靖的神主，方知白鼠精乃是李靖的義女。於是，孫悟空即往天庭在玉帝面前告下御狀，言李靖養虎成患，罪當連坐。李靖無法辯解，十分尷尬。玉帝乃命李靖率領二郎神、哪吒和天兵天將，與悟空一起去陷空山無底洞，經過一場激烈的大戰，

終於將白鼠精擒獲。

根據《申報》記載，全本的連臺本戲《西遊記》發源於上海，係南派武生們的傑作。後經北方大武生楊小樓的改造，「武戲文唱」，開拓了「北派猴戲」的演法，更顯出了「猴王」的氣派。《無底洞》這齣戲，由李萬春、李少春、張世麟、武旦宋德珠、李金鴻等反覆加工編排，移入北方舞臺。尤其在開打中加出手，千變萬化，滿臺生輝。李少春在戲中加上了「撐杆跳」，宋德珠加上了踢「十六杆槍」，使人驚歎之餘，目不暇給。一直到解放以後，中國京劇院把它再度整理加工，由李金鴻飾演的白鼠精，使此劇紅遍大江南北。

禁與開禁：臺灣當局戲劇審查部門以「匪劇」之名，禁演此劇，直到1989年才正式解禁（見臺灣《聯合報》1989年12月《臺北報導》）。這齣神話劇以武打為主，道白和唱都不多，本來就無任何政治色彩可言。臺灣國光京劇團在1958年就計劃排演此劇，分配了角色，也置辦了服裝，但沒有通過審查這一關。問起緣由，官方回答得也十分有趣。他們說：「你們什麼戲不能演，幹嘛非要搬演中共方面編演的戲呢？」一番話，弄得劇團團長暈頭轉向，如墜五里雲霧，只得忍痛把這齣戲掛了起來。直到2006年，劇團才正式把此劇推上舞臺，由武生李佳麒飾孫悟空，武旦戴心怡飾白鼠精。

11.《大劈棺》（2）

劇名：《大劈棺》，亦名《蝴蝶夢》或《莊子試妻》。

劇情：《大劈棺》的故事，原意出自《莊子》。莊子說他做夢時，夢見自己變成了蝴蝶，栩栩然，真是一隻蝴蝶；夢醒後，又成了活生生的莊子。於是乎就搞不明白，自己到底是由蝴蝶變成的，還是自己曾經變過蝴蝶？劇作者從莊子可以「分身化形」的傳說中，演義出這樣一段故事，故亦稱《蝴蝶夢》。

哲人莊子因參悟大道，成為半仙之體，能夠分身化形。有一日，他在郊外散步，遇見一個寡婦正在用扇子扇墳。問其緣故，寡婦自言待墳土乾時，她便可以另嫁他人了。莊子看她急著要嫁人，就幫她扇，不一會兒墳土變乾。婦人分外高興，把扇子送給莊子，自己嫁人去了。莊子回到家中，把這件事告訴了他妻子田氏。田氏聽罷，把扇子撕得粉碎，說天底下竟會有這樣沒有廉恥的人。莊子見田氏如此貞節，大受感動。不過幾天，莊子突然生病故去。田氏心裏難過大哭一場。停柩發喪之際，莊子的學生楚王孫前來弔唁。楚王孫生得玉樹臨風，漂亮英俊，田氏一看，心生愛慕。從僕人口裏知道他尚未成婚，於是以身相許，願結百年之好。結婚那天晚上，王孫突然頭痛，說只有

吃人腦方能病癒。田氏情急之中，唯望王孫早日痊癒，便勒臂揎袖，持斧進入停柩的靈堂。不顧一切地用斧頭將莊子棺木劈開，來取莊子頭顱。不想棺蓋方啟，莊子復生，兀地坐了起來。田氏惶恐慚愧，藏身無地，只得勉強矜持，與莊子辯白。未幾，莊子又重新攝化出王孫主僕二人的形象立於柩前。田氏無言剖解，羞愧難當，自縊而死。

　　禁與解禁：《蝴蝶夢》一劇，最早見於清代乾隆年間，《日下看花錄》的作者小鐵笛道人稱：彼時慶喜部伶人陳小山之《蝴蝶夢》，演得最佳。他「賞其性情溫婉，無浮囂之氣，已屢有題句貽贈矣。癸亥仲春，偕諸伶小集於『如松室』，道人各以名花儷國色，頗洽眾賞。小山不欲以花名，因就其擅場之技，倩高君泖漁畫蝶於扇面後，錄《南華經》語，綴以《蝶詩》二絕贈之。」道人題《蝴蝶夢》詩云：

　　　　皖江仙隊並清新，風範梁溪定幾人。

　　　　激楚聲容《蝴蝶夢》，歌臺瑜亮顧偕陳。

　　足證彼時此劇演出之盛。

　　筆者在研究清代及民國禁戲史料中，未發現有禁演此戲的文字。到了二十世紀三四十年代，《大劈棺》一劇屢屢掀起熱潮。時髦生、旦，莫不以演此戲為能事。臺灣當局為了整肅舞臺，在二十世紀五十年代初即明令禁演此劇。國光京劇團藝術總監王安祈向臺灣《聯合報》記者李玉玲解釋說，當初此劇被禁的主要原因，是因為此劇宣傳「淫蕩、殘忍，有害善良風俗」。

　　直到 2006 年元月中旬，該團舉行了盛大的「禁戲匯演」時，才將此劇正式搬上舞臺。田氏由朱勝麗飾演，朱勝麗雖曾得陳永玲親授，可惜礙於演出時間，刪簡劇情、前後剪接拼貼，未能盡如人意。臺北新劇團也曾兩度改編演出此戲，由張派青衣趙群演田氏，李寶春飾莊周及楚王孫，新劇團以老生為主，青衣應工的田氏已非當年原貌。反倒是臺北馬文侯的演出，由觀音傳諭、寡婦扇墳、田氏思春、莊周詐死、點化童男（二百五）、王孫弔祭、說親毀靈、劈棺復生，最為完整。馬文侯此劇踩蹻演出，為「筱派」路子，並曾向戴綺霞、吳絳秋請益，算是年輕演員中，對《大劈棺》下工夫最深的一例了。

12.《赤桑鎮》

　　劇名：《赤桑鎮》，亦名《鍘包勉》。

　　劇情：《鍘包勉》這個故事出自公案小說《包龍圖》。宋朝包拯奉旨前往陳州放糧，首相王延齡、司馬趙斌和包拯的侄子包勉等同至長亭餞行。當時，

包勉任長亭縣令。他為官不正，貪贓枉法，被包拯得知。包拯大怒，不徇私情，按律擬處重刑。王延齡、陳琳出面替包勉一再求情，而司馬趙斌在一旁冷語譏諷，包拯正言厲色、鐵面無私，在長亭立鍘包勉。此折戲常與《赤桑鎮》（亦名《包拯賠情》）連演，是一齣正工的銅錘花臉和老旦的對子戲。

劇中的包勉與包拯名為叔侄，實為手足兄弟一般。包拯幼年被父母拋棄，由嫂娘吳妙貞撫養成人。他與包勉一起長大，一起讀書，一起得中，又一同為官。當包拯的嫂子得知包勉被鍘的消息後，怒氣衝衝來到赤桑，向包拯問罪。包拯一再賠情，且曉以大義，並願以母相稱，侍奉終身。包拯的正義，終於感動了嫂子，叔嫂重歸於好。

禁與解禁：《赤桑鎮》一劇，是中國京劇院在二十世紀五十年代為著名花臉裘盛戎和著名老旦李多奎量身訂製，細磨精排的一齣對子戲。在傳統老戲《鍘包勉》的基礎上，重新編寫，使劇情更加緊湊，唱腔更加精美。是劇剛一出臺，一炮而紅，便成了一齣經典作品。彼時，李多奎年事已高，只演了六場，便告別了舞臺，頤養天年去了。目前，市上流傳的錄音，就是他最後一場戲的絕響。正因為這齣戲的影響大，彼時的臺灣當局便把它與《無底洞》、《壯別》等一起劃為「匪戲」之列，而不准臺灣演員演唱。

2006年1月，臺灣國光劇團在中山堂推出「禁戲匯演」活動，三天演出十部戲碼。這十齣戲過去均有禁演的遭遇，其中就有此劇。該團藝術總監王安祈表示，此次推出的「禁戲匯演」，呈現多齣分別曾因「有害善良風俗、迷信、政治因素、匪戲」等不同原因而遭禁演的罕見劇目。並說，本團在屆滿十週年，邁向第十一年的時候推出「禁戲匯演」的目的，是希望引領觀眾揮別政治的激情對立，純粹看待戲裏面的藝術與人性的美感。

《赤桑鎮》是由臺灣演員劉琢瑜、劉海苑合演，觀眾反應熱烈。

13.《壯別》

劇名：《壯別》

劇情：《壯別》是京劇全本《群英會》中的一折。曹操率軍南下攻吳，雙方對峙於長江兩岸。諸葛亮力主聯吳破曹，出使東吳為吳帥周瑜參贊軍務。曹操謀士、周瑜故友蔣幹過江來訪，為勸周瑜降曹。周瑜設群英會宴請蔣幹，席間周瑜佯醉，與蔣同榻而眠，引誘蔣幹盜去假造的水軍都督蔡瑁、張允的反書，曹操果然中計，怒斬蔡、張二人。東吳老將黃蓋與周瑜暗定苦肉計，甘

受責打，詐降曹操。曹操信以為真。瑜、亮計議火攻曹營。因時值隆冬，獨缺東風，周瑜憂而成疾。諸葛亮探病獻策，答應在南屏山祭天，借用三日三夜東風。待東風起時，諸葛亮在趙雲接應下返回夏口。黃蓋以歸降為名，乘小舟深入曹營，火燒戰船，赤壁之戰，曹兵大敗。1956 年，此劇拍成彩色戲劇片，著名演員齊集一堂，馬連良飾諸葛亮，譚富英飾魯肅，葉盛蘭飾周瑜，蕭長華飾蔣幹，裘盛戎飾黃蓋，袁世海飾曹操，孫毓堃飾趙雲，為今人留下了一部寶貴的藝術經典。

禁與解禁：京劇在《群英會》、《借東風》的基礎上，再次加工改編為大型歷史劇《赤壁之戰》。藝委會認為火燒赤壁是「戲核」，應該加重黃蓋發兵直搗曹營的戲。另一方面，裘盛戎是頭牌花臉，增加一些唱，可以使戲更有分量。於是反覆推敲，創作出這折小生、花臉並重的《壯別》。強調大戰前夜，三軍統帥周瑜為詐降曹操的黃忠慷慨餞行。周瑜唱道：「大江待君添熾炭，赤壁待君染醉顏。松柏勁骨當歲寒，你談笑而去談笑還。」黃蓋接唱：

都督哇！壯志凌雲白虹貫，壯哉都督贈離言。

數十年來塵撲面，今日才得洗汗顏。

說什麼開基業經百戰，說什麼鯨鯢陣裏騁雕鞍。

大丈夫豈能夠老死床第間？學一個丹心報國馬革裹屍還。

我把那長江當匹練，信手舒卷履平川。

東風起，燒戰船，應笑我白髮蒼蒼著先鞭。

烈火更助英雄膽，管叫他八十三萬灰飛煙滅火燭天。

拾起了風雷供調遣，百萬一齯談笑間。

葉盛蘭和裘盛戎二位演來，相得益彰、哀梨并剪，果然是一齣激揚悲壯的好戲。

奈何 1957 年反右鬥爭中，葉盛蘭被劃成「大右派」，要執行「監督改造」，這齣戲也就掛了起來。直到二十多年後，葉盛蘭的公子少蘭「挑大樑」時，他與李長春合作，又把這齣戲搬上舞臺。彼時，臺海雙方尚未解禁，此戲在臺灣不准演唱。直到 2006 年，臺灣國光京劇團在臺北中山堂推出「禁戲匯演」時，其中有《壯別》一劇，由劉琢瑜、汪勝光分別飾演黃蓋、周瑜。二人精湛的演出贏得全場觀眾的掌聲與歡呼。

14.《感天動地竇娥冤》

劇名：《感天動地竇娥冤》，也叫《竇娥冤》、《金鎖記》、《六月雪》。

劇情：《竇娥冤》一劇，出自元代戲劇家關漢卿所作雜劇《感天動地竇娥冤》及明葉憲祖《金鎖記》傳奇。故事寫書生竇天章上京趕考，臨行時將獨生女兒竇娥託付給蔡婆婆照顧，竇娥與蔡公子完婚。竇娥命苦，婚後不久，蔡公子即生病去世，竇娥與婆婆相依為命。蔡婆婆靠放些小債生息度日，賽盧醫借錢不還，蔡婆婆上門討債，賽盧醫欺她孤兒寡母想要賴帳，並欲加害蔡婆婆，幸被鄰居張驢兒相救。張驢兒父子是市井小人，見到竇娥貌美便生歹意。張驢兒欲娶竇娥為妻，被竇娥嚴詞拒絕，蔡婆婆一氣之下臥床不起。張驢兒逼婚不成，惱羞成怒，與賽盧醫合謀，企圖毒死蔡婆婆，霸佔竇娥。不料，張驢兒之父嘴饞，誤食了張驢兒給蔡婆婆做的毒藥湯，中毒身亡。張驢兒惡人先告狀，並賄賂貪官，誣告竇娥與蔡婆婆害死其父。貪官姚杭對竇娥嚴刑拷打，並以蔡婆婆相逼。竇娥為救婆婆性命，被屈打成招，身陷囹圄。六月初三，竇娥在臨刑之前對天發誓，天降三尺瑞雪掩其清白之軀。竇娥死後，頓時大雪覆蓋了法場。其父竇天章京試高中，出任朝廷廉使，得女兒託夢，知竇娥冤死，決心劃除貪官，為女兒昭雪。

二十世紀三十年代，程硯秋把此劇改編為京劇，情節略作修改。寫竇娥之夫蔡昌宗上京趕考，被隨行的張驢兒推入淮河。驢兒回家假說昌宗落水而死，想娶竇娥為妻。蔡母思兒成疾，想吃羊肚湯；驢兒又在腸中放毒，不想被自己的母親吃下，當即身亡。驢兒乘機訛詐，告到官府。竇娥見婆婆被嚴刑逼供，乃挺身自承，被判斬刑。竇娥父趕來，雖為時已晚，但代女兒報了冤仇。此劇一公演，即紅遍大江南北，成為「程派」的代表作。

禁與解禁：1980 年，臺灣的京劇社「雅音小集」，排演了這齣《感天動地竇娥冤》。正要上演，突然接獲禁演通知，表面的理由是「竇娥善無善報，有害善良風俗」，私下傳出的說法卻是「竇娥連聲呼冤，似有為『美麗島（事件）』叫屈的嫌疑」。當時距離公演只有五天，中山紀念館演出的三天戲票早已售完，正在排戲的郭小莊小姐也慌了手腳，探問請託均不得要領。行政人員已做了退票的準備，郭小姐嘶啞著嗓音一邊應付記者的採訪，一邊九轉迴腸想辦法解套。最後，不得不把結尾改成竇娥不死。行刑之前，清官從天而降，大喝「刀下留人」，平了冤獄，改為好人終得好報。如此，該戲才得以通過。此事見於臺灣國光京劇團藝術總監王安祈撰《感天動地‧刀下留人》一文（見臺灣《文學生活誌》1994 年 12 月號）

（筆者按：所謂「美麗島事件」，是臺灣黨外勢力直接領導的、與國民黨

當局展開的一場有組織、有準備的政治較量。1979 年 9 月，由黃信介為發行人、許信良任社長、張俊宏任總編輯的黨外政論性刊物《美麗島》在臺北創刊。該刊不僅言論激烈，而且來勢兇猛，僅社務委員就達 70 名，幾乎網羅了當時所有的知名黨外人士，並在全島設立十多個辦事處，最多時發行量達 8 萬冊。1979 年 11 月 30 日，《美麗島》雜誌與「臺灣人權委員會」聯合向臺灣當局申請於 12 月 10 日在高雄舉辦紀念「國際人權日」集會遊行，遭到拒絕。《美麗島》雜誌決定，按原計劃照常舉行集會遊行，並準備了一些木棍，以應付可能進行的鎮壓。是日，臺灣當局派出大批軍警阻攔，並用催淚彈驅趕遊行隊伍，民眾則以木棍、火把、酒瓶還擊，雙方發生嚴重衝突，造成雙方近二百人受傷。事後，臺灣當局開始大規模搜捕事件參與者，黃信介、施明德、張俊宏等共 152 名黨外人士以「涉嫌叛亂罪」被抓扣，黨外運動核心人物幾乎被一網打盡。1980 年 3、4 月間，經過軍法審判，以「為中共統戰」和「臺獨叛亂」罪名，判處施明德無期徒刑，黃信介有期徒刑 14 年，姚嘉文、張俊雄等 6 人有期徒刑 12 年。另有三十多人被刑事法庭判處 4 至 6 年的徒刑。經過這次事件，黨外勢力的骨幹鋃鐺入獄，元氣大傷。而國民黨也受到重創，雙方政治矛盾進一步加深。）

15.《赤忠報國》

劇名：《赤忠報國》

劇情：南宋初期，攻佔了中原的金兵再次興兵南侵。岳飛率領岳家軍奮起迎擊，並聯絡兩河義軍配合作戰，乘勝北進，連戰連捷，痛擊金兵，直抵黃河南岸。一時人心大振，各地義軍紛紛接受「岳」字旗號，形成了指日渡河收復失地的大好局勢。金兵為了挽回敗局，沿用了「以和議佐攻戰」的策略，買通南宋秦檜，利用宋高宗的「隱憂」威脅議和。正當岳飛誓師渡口，準備北伐的時刻，宋高宗一日連下十二道金牌，嚴令岳飛班師。群眾聞訊，紛紛遮馬阻攔，軍民痛哭，聲震原野，深恐十年之功，廢於一旦。岳飛回朝力阻議和，秦檜和宋高宗便以「莫須有」的罪名，將岳飛及其子岳雲、部將張憲逮捕入獄，殺害於風波亭。金朝又毀約南侵，宋高宗只好派遣周三畏到牛頭山搬請岳家軍。剛烈正直的牛皋義憤填膺，撕碎聖旨，怒斥朝廷。在深明大義的岳夫人勸告下，岳家軍終以大局為重，繼承岳飛遺志，由岳雷奉詔掛帥，在雄壯激昂的《滿江紅》歌聲中開赴抗金前線。

禁與解禁：此劇原名《滿江紅》，是中國京劇院編演的新編歷史劇，編劇

馬少波、范鈞宏、呂瑞明，導演鄭亦秋，音樂設計劉吉典，關雅農；舞美設計趙金聲、安振山；李少春、孫岳飾岳飛，楊秋玲飾岳夫人。是二十世紀六十年代初祖國大陸推出的一項工程戲劇。

　　1984 年，臺灣明駝京劇團排演了這齣戲，劇名改為《赤忠報國》，由著名老生葉復潤飾演岳飛。同年，明駝京劇團以此劇參加了臺灣「國防部」主辦的戲曲大賽。因為劇情進步，陣容齊整，獲得了全體評委的一致嘉許，榮獲了本屆大賽的冠軍。後來，有人揭發了這齣戲是大陸編寫的劇本。當時主辦單位大驚失色，急急忙忙地收回了發給「明駝」的獎狀，摘去了這齣戲的冠軍桂冠，一下子將之打入了另冊，不准演出。

第四章　中華人民共和國建國初期
（1949～1964）

1.《殺子報》（2）

劇名：《殺子報》，亦名《陰陽報》，又名《油罈記》及《通州奇案》。

劇情：《殺子報》的劇情，是發生在光緒初年北京郊區通州的一件實事。一個年輕的寡婦與天齊廟的一個和尚私通，為家中小兒所不容，寡婦情急之中殺死了自己的兒子，且碎屍放入油罈之內。後被女兒揭發，此案大白。詳細情節筆者在《清代禁戲》一文中已有所述。當年這件事被不題撰人編寫成《通州奇案》一書，在市間流行，後被編成戲上演，十分轟動。不少資料稱，此戲只要一貼，莫不滿堂。《通縣舊話》稱：「鄉間演出此劇，遠近數十里扶老攜幼，競而觀之。且戲散人不散，圍之唾罵詈垢，皆欲將王氏碎屍萬段為快。伶人皆不敢單行。」

禁與解禁：據說，當初周楞伽先生在編輯《晚清四大奇案》一書時，看到通州奇案一事，覺得母弑親子，實在過於卑劣，不忍卒讀，遂將其刪去。而把《張文祥刺馬》編入，與《楊乃武與小白菜》、《楊月樓風月案》及《咸豐年順天府鄉試舞弊案》等合為「清末四大奇案」。此劇一出，很快傳到南方，滬上也日日連演不斷。這齣戲，在一般演出中還多使用「血彩」，在余氏殺子之時，弄得滿臺血污，恐怖至極。

這一有失人倫的兇殺戲，在社會上造成很壞的影響。光緒十六年（1890），清政府把此戲列為「淫戲」，蘇藩司黃方伯下令禁演，並由官方以布告的形式在《申報》刊布。但是，政府只能禁之一時，民國以後，該劇自動解禁，而

且，越演越烈。評劇、湘劇、漢劇、河北梆子都爭演此劇。《立言畫刊》第338期載有《民元北京競演〈殺子報〉》一文寫道：「國體初變，彼時北京最普通流行之戲劇為《殺子報》」。「俞振庭主文明園，亦排演此劇。以路三寶去王氏，小桂官去官保，梅蘭芳去金定，王長林去和尚，劉景雲去先生，大李七去縣官，配搭皆為上選」等語。

地方上對此劇也多次禁演，包括北京、上海、天津、武漢市，國民市政府也都三令五申禁演此劇。1934年和1945年，北京特別市政府社會局曾兩次發文，「禁演表情猥褻有礙風化的戲劇」，「令演劇須守規範，不得任意形露致傷風化」（《北京特別市政府社會局訓令》第290號）等《訓令》，令梨園公會、話劇公會、評劇公會「須知自愛，不得再有上述情事發生，自茲之後，本局當隨時派員嚴密查察，一經查實，定當嚴行懲處，決不姑寬。」但是，禁歸禁，演歸演，禁之難絕。

到了1949年，中國人民解放軍北平軍事管制委員會進駐北京城後，3月25日，由文化接管委員會頒布了「禁演五十五齣含有毒素的舊劇」的文告，刊登在《北平新民報》，強調《殺子報》等一系列壞戲，「屬於提倡淫亂思想」，必須停演。新中國成立之後，中央文化部再一次向全國劇團下發文件，禁演《殺子報》等二十六齣壞戲。從此，《殺子報》一劇才徹底退出舞臺。

2.《九更天》

劇名：《九更天》，亦名《馬義救主》。

劇情：宋代有一位書生名叫米進途，他在赴京應試的路上，忽然夢見自己兄長血肉模糊，顯靈呼冤。天明之後，心中恍惚，急呼老僕馬義前來問夢。不想，馬義也做了同樣的夢，與進途無異。二人甚為驚駭，想是家中必有變故，急忙整裝返回故里。到家一看，其兄果然已死，嫂嫂正在發喪。進途料知其中必有冤情，但一時又無從偵悉，只得暫在家中住下，一邊料理後事，一邊悉心觀察。其實，因為他的嫂子與鄰居無賴之徒侯花嘴私通，視丈夫如眼中釘。故在其弟離家之際，與侯花嘴一起合謀，將親夫毒死。如今，忽然見到米進途歸來，唯恐事情敗露。二人又定計策，將侯花嘴的妻子殺死，藏其頭顱，充代其嫂，移屍於米氏門外。侯花嘴即赴縣衙喊冤，誣告米進途謀斃長嫂。縣令輕信誣詞，逮捕米進途嚴刑拷問。進途受刑不過，招認成罪，下獄待斬。

老僕人馬義得信之後，急赴縣衙呼冤。縣令對此深惡痛絕，告訴馬義，

如果覓得人頭，就釋放你家主人；否則米進途必死無疑。馬義信以為真，出
衙尋找人頭。但是，去何處去尋呢？馬義籌思無計，而又救主心切，不得已
袖刃還家，逼死了自己的女兒，割下頭顱去救主人。愚憤之情，實在可憐；豈
不想如此投案，正好坐實了米進途的罪名。馬義此時，方知受了縣令的愚弄，
原欲救主，反而害了主人。自己的所作所為，如何面對主人和自己的女兒？
悔恨不及，痛不欲生，遂冒死晉京，奔赴文天祥處告狀。文太師府衙森嚴，設
有釘板、銅鍘，以測告狀人之誠心。馬義歷試諸刑，毫無懼色。文天祥感其冤
重，遂親赴現場勘驗。只是馬義跋涉晉京，已歷多時；米進途刑期日近，即使
文天祥連夜疾馳，恐抵該邑也已在刑期之後。有幸天祐善人，到了行刑之日
的前夜，夜色冗長，打至九更，天不見曙。文天祥得以在行刑之前趕到現場，
遂將此案徹底平反。

　　這齣戲本身編得已頗荒誕，而且內容慘烈、血淚橫流，既有鴆夫刃婦，
殺女割頭；又有滾釘板、試銅鍘；更有冤魂託夢，長夜難明；義僕愚忠，煉獄
無情，顯得十分緊張火炙。雖然多處有悖人情，但內容感人至深，加之演員
的技藝高明，演來催人淚下。所以，這齣戲在民間流傳甚廣。其中，「殺女」
一場的唱、做，尤為繁難。清末首推潘月樵飾演的馬義為第一。其後，趙如
泉、周信芳的表演也稱冠一時。此劇通常演至「殺女」一場為止，連演全齣者
甚少。

　　禁與解禁：建國之初，此戲被文化部宣布為禁戲，主要因為劇中充滿迷
信和愚昧，「散佈對地主和封建統治階級的愚忠、愚孝，且不能自拔的奴隸人
生觀。」1957年，《九更天》一度宣布解禁。但是，並沒有任何劇團進行復排，
此戲遂成絕響。

3.《滑油山》

　　劇名：《滑油山》，亦名《目連救母》或四本《目連記》。

　　劇情：前一章《遊六殿》已簡單地介紹了《目連救母》的全劇。這一折
是：目連母劉氏，既遍歷刀山、劍樹、油鍋、血池之苦，以及煎、熬、剁、剠
等刑，遊至第六殿，冥王又令鬼卒押往滑油山受罪。劉氏一路哀求，挨打受
罵，備極慘苦。最終與目連在枉死城前相會，痛悔生前所為。《滑油山》在《遊
殿》之末、《母子相會》之前，一般是與《相會》連著演。舊日演出此劇時，
不僅宣傳「因果報應」、「輪迴報應」等迷信之說，而且在舞臺上使用「火彩」、
「血彩」，製造出一系列陰森恐怖的效果。

　　禁與解禁：《滑油山》係老旦的唱功戲，也經常作為堂會戲上演。戲中原板甚多，而時以導板及搖板相間，則每至沉鬱不舒之際，輒變為悲蒼激越之聲，故調頗鏗鏘可聽。《戲考》稱，清末民初唯「大頭（汪桂芬）最工此劇，近時實無繼起者，惟呂月樵差強人意耳。」到了民國中葉，李多奎中年亦擅此劇。

　　《滑油山》、《遊六殿》等《目連戲》在清代和民國期間曾多次被禁，但從未禁絕。1949 年春季，解放軍軍事管制委員會一進城，以「破除迷信」為由，明令禁演此戲。建國以後，中央文化部再一次通報全國，把這齣戲列為禁戲。在 1957 年挖掘傳統劇目的時候，此戲也未恢復。文化大革命之後的二十世紀八十年代初，李多奎的弟子李鳴岩從外埠調回北京時，在大眾劇場上演了《滑油山》一折。自此，此劇開禁。

4.《奇冤報》

　　劇名：《奇冤報》，亦名《烏盆記》。

　　劇情：《烏盆記》出自元人雜劇《丁丁當當盆兒鬼》傳奇。宋代南陽城有一綢緞商，名叫劉世昌。這年年底，他在外埠結清帳目，攜銀而歸。主僕二人行在定遠縣界，天降大雨。於是就近借宿於窯戶趙大家中。趙大見財起意，與其妻用毒酒將劉世昌主僕害死。又將他的屍首剁成肉泥，燒成烏盆，置於窯內。趙大夫婦幹的這些壞事，被判官看得一清二楚。判官震怒，決意上奏冥府，暫不收拾劉世昌的冤魂，任其附於烏盆之上，以待機報仇。心懷鬼胎的趙大，深恐遭到報復，用刀把判官像的雙眼刺瞎，判官受此凌辱，憤然而去。

　　三年後，賣草鞋的老漢張別古來到趙家，向趙大索要早年拖欠的草鞋錢。見到趙大宅第一新，人也闊了起來，心生疑竇。提起欠款，趙大毫不推託，把烏盆給了他，算是抵債。張別古在回家途中，烏盆忽然開口講話，嚇得老漢不知所措。劉世昌的鬼魂向張別古訴說了自己被害的經過，張別古甚是同情，同意代其鳴冤。彼時包拯剛出山，在定遠縣當七品縣令。包拯當堂問明情由，杖斃奸人趙大，為劉世昌申雪了冤枉。

　　不過，元雜劇《丁丁當當盆兒鬼》的主角不叫劉世昌，而叫楊國用。到了明代，出了《斷烏盆》傳奇，《三俠五義》第五回也有《包公奇案烏盆子》一節。此時，主人公的名字便叫劉世昌了。崑腔、高腔、弋腔、徽劇、湘劇、桂劇、河北梆子均有此劇目，而且，一唱就是好幾百年。清代，程長庚將其改

為京劇，譚鑫培、余叔岩對此劇的唱腔有著許多的創造。其中大段的「原板」和「反二黃」，早已成為膾炙人口的唱段。劇中在「跳判」一場戲中，判官常使用「噴火火彩」，以增加舞臺的神秘氣氛。

最早，崑曲也有此劇，在「跳判」一節還有「耍牙」的絕活。就在判官噴火之後，要「耍牙」，根據演員的技術，要在嘴裏耍四至八顆獠牙，這些長長的獠牙忽而「上齜下翻」，忽而「吞吐翕動」；一會兒從兩腮乍起，一會兒從鼻孔鑽出，用來表現判官的驚詫、憤怒。筆者生之恨晚，只是聽老人們說，沒有親眼見過。建國後，為了淨化舞臺，此技已然消失。所謂「東牙西臉」，也就是崑曲的耍牙、川劇的變臉，在很長一個時期就徒有其名，而不知是什麼樣子了。

「文革」之後，據現居海寧的第四代「耍牙」傳人葉全民講：「老祖宗傳下來的這一特技命不該絕。我父親傳給我時，這種『耍牙』的工夫便已無處施展了。我是出於好奇，只學得了其中的一些皮毛。如今，我把它傳給了幾個徒弟，其中，寧海平調劇團的女徒弟薛巧萍最為出色，技術全面，都超過了我。她經常在國內外演出，目前，她正以這一絕活兒申報中國傳統文化遺產。」他說：「表演用的獠牙都是從豬嘴裏精選出來的，初學時，這八顆牙要長期地含在嘴裏，說話辦事從不取出。練功時，對牆而坐，用舌頭、牙齒、嘴唇、兩腮和丹田氣來操動這些牙齒，使之翻轉縱動、吞吐彈射。要使它千變萬化，隨心而欲，還要用以配合舞臺節奏、劇情變化，耍出種種花樣來，沒有十年、八年的工夫是根本做不到的。」（見 2007 年 7 月 31 日《人民日報·海外版》張意祥《耍牙姑娘的藝術世界》）

禁與解禁：此劇是以「懲惡揚善」、「循環報應」為主線，借助神鬼的力量，宣傳「善有善報、惡有惡報；不是不報，時候未到；時候一到，一切全報」的道理。建國初期，舉國上下曾掀起過一次「全面破除迷信」的運動。神鬼傳說、「因果報應」，成為批判、聲討的對象。1952 年，新組建的中央文化部正式下發文件給全國各劇團，宣布此劇禁演。在當時的政治環境下，此戲一禁，在地方上帶來了一連串的反應，幾乎所有帶鬼魂、帶判官的戲，通通列入被禁之列。文化部感到出了問題，1957 年，又下文解禁。但「反右」運動隨即開始，這類戲再也無劇團排演了。

5.《海慧寺》

劇名：《海慧寺》，又名《雙鈴記》或《馬思遠》。

《海慧寺》（《馬思遠》）劇照，著名京劇表演藝術家筱翠花飾趙玉，攝於 1943 年。

劇情：故事發生在北京，據說是清末的一件實事。有一個叫王龍江的人，在馬思遠飯鋪裏充當大廚的助手，平時吃住都在飯鋪裏，只有三節才回家。他的妻子趙玉正值年輕，獨守空房，實在不甘寂寞。一日閒遊海慧寺，遇見了賣絨線的賈明，由搭訕調笑，而發展成通姦，不斷幽會。這年年終，王龍江從飯鋪放假歸家，中途飲酒大醉，遇見故友甘子遷向他借錢，龍江沒有借給。甘子遷見龍江所負行囊十分沉重，便跟蹤至家，想趁夜偷竊。彼時，趙玉正與賈明私會，一見丈夫歸來，就急著把賈明藏到缸中。趙玉為了長期與賈明

歡好，視龍江為仇寇。是夜乘龍江醉臥，脅迫賈明一起用廚刀將王龍江劈死，並把屍首掩埋。這些罪惡被甘子遷看得一清二楚，驚嚇之間，抽身而逃。事後，趙玉恐王龍江未回飯鋪，啟人疑竇。趙玉找到飯鋪，向馬思遠要人。彼此發生口角，趙玉反誣馬思遠害死其夫，至官成訟。問官搞不清底細，輾轉上控至巡城御史大堂。彼時，甘子遷因犯夜被押，乃將自己目睹之事說了出來。堂官逮捕了賈明，嚴訊趙玉，方使真相大白。馬思遠冤枉得雪，賈明處斬，趙玉騎了木驢。

　　這是筱翠花的拿手好戲。丁秉燧在《菊壇舊聞錄》記述此戲時說：「除了調情那些睊視媚行的表情以外，在公堂受審一場，一上夾棍，立刻臉上變色，那種內心表演的深刻，真是無人可比。配以馬富祿的賈明，油頭滑腦，動手動腳，活脫一個淫棍。北平名劇評家景孤血，把筱翠花這些戲稱為『血粉戲』，而謔稱馬富祿為『性丑』，說他演這種調情角色是蓋世一絕。」筱翠花這齣《雙鈴記》，不貼則已，每演必滿，轟動九城。毛世來出科後，將此戲改名為全部《趙玉》。他把趙玉演得更加深刻，尤其騎木驢遊街一場，臉上的痛楚表情，不可名狀，令人叫絕。

　　禁與解禁：這齣戲在趙玉和賈明刀劈王龍江的時候使用了「血彩」，據老藝人存永綿先生（已故）介紹，趙玉一刀砍下，未中要害，王龍江從床上驚起。趙玉接著又是一刀，正劈在王龍江的臉上，當場皮開肉綻，血漿噴出，十分恐怖。每演至此，臺下不乏驚恐失聲，令人不忍卒睹。這種「血彩」，是先在木製廚刀的刀刃上，用紙糊上一條包有紅色假血的豬尿脬。外邊刷有刀刃般的顏色，臺下人看不出來。這把刀一旦劈在王龍江臉上，紙刃捲起，豬尿脬被擠破，假血四濺，王龍江當時血肉模糊。據說，早年間演到這裡，曾經嚇壞過一個小孩，當場氣閉，人事不知了。所以，後來每演此劇，在門口都貼有「謝絕小童入內」的告示。

　　建國初期，這齣戲以「色情、淫殺」被列為禁戲，通報全國禁演。1957年舊劇開禁時，筱翠花與馬富祿在內部演出了一次，其中的演技受到一致好評，而內容在濃重的政治環境下，則無一人敢於肯定。於是，再一次被停演。1966年，在抄家、破「四舊」最激烈的時候，筱翠花在紅衛兵皮鞭的威逼之下，穿上戲裝、搽上一臉怪粉，扮演趙玉走浪步，一任「革命群眾」開心取笑，這是他演的最後一場《海慧寺》。經過這場戲弄，又驚又怕的筱翠花便精神崩潰，慘然辭世了。

6.《雙釘記》（2）

劇名：《雙釘記》，也叫《白金蓮》。

《雙釘記》劇照，著名京劇表演藝術家筱翠花飾白金蓮，馬富祿飾賈有理，攝於 1920 年代上海。

劇情：宋代，舊京有一個裁縫姓胡，外號叫胡能手。他的妻子白金蓮生性風流浮躁，不守婦道。平素與綢緞商賈有禮眉來眼去，日久有染。胡能手的生意不好，家計艱難，白金蓮時常吵鬧，要與能手離異。白金蓮欺負能手軟弱無能，久有謀害之心，一心想與賈有禮作長久夫妻。有一日，賈有禮趁胡能手不在家中，跑來與金蓮幽會。恰好能手收工早，飲酒醉歸。白金蓮逼迫賈有禮，幫她一起謀害能手的性命。賈有禮最初不肯，白金蓮則以誣罪嫁禍來要挾。賈有禮無奈，就與白金蓮一同作惡，用雙釘釘入胡能手的腦後，致其喪命，一般演到此為止。

後本則是包公斷案析獄的故事，包公在大堂上審案，找不出死因罪證。驗屍的忤作經過其妻的指點，方驗出能手腦後的雙釘，使此案真相大白。白金蓮、賈有禮在證據面前認罪伏法。此事引起包拯的懷疑，於是，又發現了忤作後妻的案外案，此女人也曾用這一方法害死了自己的前夫，被包公一併正法。一般演出大多只貼演頭本，後本則漸沒無考了。

禁與解禁：這是齣潑辣旦應工的「血粉戲」，在清季先是由伶人楊朵仙把它演紅的。其後，路三寶亦演此劇，更具兇悍淫毒，近代筱翠花承其衣缽。

同治十三年（1874），在《申報》刊布《道憲查禁淫戲》文告中，此戲即被政府禁演。1949年，北平和平解放，軍管會亦把此戲劃為「提倡淫亂思想」，也宣布為禁戲。建國之初1950年至1952年間，中央文化部再一次通報全國禁演此戲，文件上還注明該劇「一名《白金蓮》。見《包公奇案》。內有淫殺成分。」從此，這齣戲總算被徹底趕下舞臺，再也沒有恢復。

7.《探陰山》

劇名：《探陰山》，亦名《鍘判官》。

劇情：宋仁宗時，有一年大放花燈與民同樂。城中一富家之女柳金蟬跟隨家人上街逛燈，中途與僕人失散。她一人深夜獨行，被無賴李保誘騙到家中，姦後害死。李保移屍到書生顏查散家的門首，嫁禍他人。地方不察詳情，逮捕顏查散到案。包拯審問之時，顏查散極口呼冤。包拯以顏查散是一介書生，不似殺人罪犯，乃親自去到陰曹地府，檢查判官的生死簿。但判官張洪掌握的生死簿上，分明寫有柳金蟬看燈時，被顏查散姦後斃命。包拯始終不信，私訪到陰山腳下，在那裡發現了柳金蟬的冤魂。經過仔細戡問，始知兇

手乃是惡人李保，執掌生死簿的張洪就是李保的娘舅。又經油流鬼揭發，張洪為了祖護侄兒，徇私舞弊，擅自更改了生死簿。包拯大怒，命令判官改正。判官不肯認錯，甚至與閻羅相罵。包拯大怒，憤而鍘之。待其回轉陽世之後，釋放了顏查散，嚴辦李保了案。

《鍘判官》劇照，大陸恢復此戲後，有的劇團在演出《鍘判官》時重現了舊日的演法——當場開鍘。

這樁故事出自小說《包公案》，戲中的包公是「公正廉潔」的化身，由銅錘花臉飾演。百十年來，京劇藝術家們對這一人物的塑造都付出了相當大的心血。金少山、郝壽臣、侯喜瑞、裘盛戎的包拯各有所長，裘盛戎在《探陰山》中創造了大段的詠歎調，膾炙人口，美不勝收，一直傳唱至今。

禁與解禁：原劇本雖然是一齣「懲惡揚善」的好故事，但在舊的演出中，整齣戲充滿了陰森可怖的氣氛，不僅在包公下地獄時，滿目陰司，滿臺鬼魂；而且還要施放「焰口」、「火彩」，有的地方（如杭嘉湖一帶的草臺）為了讓觀眾「人心大快」，演到「鍘判官」時，還真的搬出了大鍘刀，在臺口當堂「開鍘」。使用「血彩」，讓判官的頭顱當場落地，血噴三丈。「掉腦袋」是採用了魔術中的「換頭術」，在判官尚未被鍘之前，真頭顱早已縮入衣領之內，只把一個假頭顱放入鍘刀，一鍘，當即身首異處，這都是騙人小技。其他戲，如《鍘美案》、《鍘包勉》等「彩頭」，也都是如此演法。

因為這齣戲涉及「包公斷陰，魂遊地獄」等迷信內容，又有如此血淋淋

的表演方法，建國伊始，文化部就通報全國，禁演此戲。此令一出，不僅所有「彩頭戲」一概禁絕，幾乎所有「包公戲」和帶有「迷信」色彩的大戲、小戲，也全都「自動」停演了。1957 年，政府慮及「百花齊放、百家爭鳴」政策的推行，以及眾多民間職業劇團的生計，文化部又一度頒布解禁令。中國京劇院率先恢復這齣戲時，去掉「彩頭」，修改了劇本，使全劇面目一新。由裘盛戎飾演包拯、張春華飾演油流鬼。

8.《大香山》

劇名：《大香山》，又名《觀音得道》，也稱《妙善出家》及《白雀寺》。

劇情：故事出自《香山寶卷》及明羅懋登《香山記》傳奇。寫興隆國妙莊王求子，生三公主妙善。妙善自幼聰慧，喜誦佛經。莊王欲為她選婿，妙善不允，竟違背父旨，隻身出宮，入山修煉。莊王大怒，罰她在園中擔水澆花。妙善矢志不移，仍舊堅持己見。莊王一時憤怒，竟命人把妙善絞殺。達摩聞之下界，救妙善復活，並導引她到白雀寺修行。莊王聞知後，依然不饒，又派遣兵馬，燒毀寺院。然而，暴怒之後，莊王也十分後悔，思女成病，臥床不起。妙善自香山化身小童前來看病，診罷，告知需要莊王親屬捐出手、眼作為藥引，方可治癒。而莊王親族無一人肯捨，妙善乃捨去自己的手、眼，治癒了莊王的重病。莊王親到香山還願，妙善遍遊地獄，遂成正果。莊王悔悟以前的作為，就此皈依佛門。佛祖封妙善為救苦救難觀世音菩薩，兩個姐姐被封為文殊、普賢兩個菩薩，追隨觀音左右。

這齣戲也稱《白雀寺》。漢劇、秦腔、河北梆子都有此劇目，而且，早在清代便有演出。1927 年，李桂春、楊慧儂（小楊月樓）等再次重排，於 2 月 11 日在上海大舞臺隆重推出。參加演出的還有毛韻珂、賈璧雲、李瑞亭、張桂芳等。由於該劇帶有濃厚的宗教色彩，觀世音菩薩又為歷代婦女信奉，上演後，深受善男信女們的青睞，庵堂寺院的僧尼都紛紛結隊觀瞻。

禁與解禁：因為此戲具有迷信色彩，而且還有「遊地獄」、「封菩薩」等表演，舞臺上光怪陸離，幻化無常。建國之初，文化部宣布禁演此戲。此後，沒有任何劇團再恢復此劇。

9.《關公顯聖》

劇名：《關公顯聖》，又名《玉泉山》，《二本走麥城》。

劇情：關羽死後，靈魂不昧，來至玉泉山上，向山僧普淨索取頭顱。普

淨用言語點化他，囑其復仇。關羽遂乘東吳為呂蒙慶功之時，活捉了呂蒙；
更驚嚇了曹操，使曹操患頭風而死。

《關公顯聖》劇照，著名京劇表演藝術家林樹森飾關羽，攝於上世紀二十年代上海。

　　關公顯聖的故事屢見於歷代的傳說之中。據說，天台宗祖師智顗大師於
隋文帝開皇十二年（592），在當陽玉泉寺旁的金龍池邊，曾夜遇關公父子。
年長之美髯公對智顗大師說明，自己是漢將軍關羽，身旁少年為子關平。戰
亂身死之後，奉天帝之命主鎮玉泉山。同時，還問智顗大師何以至此？智顗
大師答說，欲在此設立道場。關公用神力，幫助他在山中建立法門，自己則
出任該剎護法伽藍神。後來，又有傳說：唐代禪宗北宗創始人神秀曾於唐高
宗上元二年（675），在玉泉寺建道場時，也遇見關公顯聖之事。當神秀拆毀
顯聖祠的時候，天空陰雲密布，只見關公於雲中躍馬橫刀顯靈，並向神秀述

說了往事。於是，神秀在當地建寺，奉關公為伽藍護法。到了元代，關漢卿根據這些傳說寫有關羽、張飛魂歸西蜀、顯靈託夢的雜劇。羅貫中在《三國志通俗演義》中也更詳細地描述了這一情節，就這樣，被神化了的關羽開始逐漸為世人接受。

禁與解禁：就目前可知的材料看，清代對於在戲中裝扮關羽是很忌諱的。雍正十三年（1735）山西祀關聖演戲即被責罪：「士子祀先師、文昌，農祀龍神，市人祀關聖、城隍、財神，各從其類；然多聚會、斂供、演戲，四時不絕，傷財廢業，蕩人心志，非美俗也，宜急變之。」因為在清代前期凡「帝王聖賢之像，不許扮演，律有明條」。齊如山先生在《京劇之變遷》一文中也記有：「乾隆中，米應先（即米喜子）演關公戲，因演得像真關公顯聖，致使團拜御史不覺離座。此後便不許演關公戲。宮裏頭演三國戲，太后均要離座。」又提及「米喜子死後，其藝術由弟子程長庚繼承，道光咸豐中，因禁演《走麥城》等關羽戲，所以未見演出的情況」。這些材料都說明彼時「關羽戲」是不能隨意上演的。

這種對政治神祇的敬畏和對於民神印記的剝落，一直糾纏於「關羽戲」的禁燬之中。同樣，人們出於對關羽的敬畏，在演出此劇時，舞臺上充滿了神秘和恐怖的氣氛；臺上的演員與臺下的觀眾都處於高度的緊張和肅穆之中。李洪春的大公子李玉聲同我說過：「當年老爺子（即李洪春）扮演關羽之前，都是先沐浴、更換新衣之後才去劇場。在後臺化裝前，要在後臺給祖師爺上香。化裝穿戴以後，就坐在一旁閉目養神，再也不與旁人講話了。老爺子說，這是祖輩傳下來的規矩。」過去，關公戲多演「過五關、斬六將」的英雄事蹟。很少演出《走麥城》，即使演《走麥城》，一般也不接演《關公顯聖》。

建國伊始，全國都在大搞破除迷信的運動，世代尊奉的「關帝神君」，也在破除之列，不僅各地的關帝廟被封、關帝像被毀，「關公戲」也被撐下舞臺。1952年文化部下達文告禁演《關公顯聖》，深意在於舞臺上也要破除神權。

10.《雙沙河》

劇名：《雙沙河》，又名《人才駙馬》或《土番國》。

劇情：這是一齣京劇傳統戲。此劇移植自秦腔，故事不知出於何處，但憑《人才駙馬》四字不通之名，便知是一齣荒誕不經、粗鄙可笑的玩笑戲。

故事講大宋年間，有三個人分別名叫魏小生、高能和楊仙童，他們一起

在山中學藝。學成之後，奉了師傅的命令，下山協助楊家將西征土番。土番國中有一位人才駙馬，名叫張天龍，他有兩個妻子，一位名玉寶，另一位名叫玉珍。二人都是土番國的公主，且各懷武藝，與駙馬一起出戰。戰場上，張天龍不是魏小生的對手，一戰敗走。而兩位公主竟然分別愛上了高能和楊仙童。於是，四人化干戈為玉帛，一起回到土番大營，歡敘感情。魏小生在戰場上數次重創張天龍之後，又化身潛入玉寶和玉珍的營帳，與二位公主調情戲謔。最後，促使二位公主倒戈，反過來幫助高能和楊仙童，殺死了自己的丈夫人才駙馬，與魏小生、高能和楊仙童三人一起，歸降了大宋王朝。

禁與解禁；此劇實屬胡編濫造，劇中還穿插了不少奇門遁甲、妖法打鬥，以及男女調情等淫穢表演。情節怪誕，毫無情理，只能博取婦人稚子一笑。但是，這齣戲在清末風行一時，不少時髦花旦都競演此劇。文載：京都四喜班的水仙花，就曾以此劇擅名。據四戒堂主人講：「老年間票房中，是最常演之一齣。此戲拴角甚多，計架子花、小丑各一，小生、小旦各二。彼時票房人才稱盛，一齣戲能用如許角色，最為相宜，故時常愛唱此戲。近年大義務戲偶亦貼露此戲，推其原因，亦不過拴角色多而已。」（見《立言畫刊》1939 年第 28 期）

劇中的魏小生由武丑飾演，扮相古怪，勾黑臉，帶道帽巾，手使流星錘。不神、不人、不妖、不道，念京白，唱梆子腔。在《帳飲》一場，有許多調情的科白和表演，據李洪春先生回憶，此劇在民國時期已經劇人公會公議後，不予提倡。從此，演的人也就越來越少。建國之後，文化部禁演此劇，此劇也就壽終正寢了。

11.《鐵公雞》

劇名：《鐵公雞》，亦稱《太平天國》。單演過營飲宴一折時，則名《火燒向榮》。

劇情：《鐵公雞》全劇是一齣可連演數日的連臺大戲，而經常演出的多是前半部。太平天國起義，清廷命向榮帶兵征剿。洪秀全兵敗之後，命帳下猛士張家祥、吳占鼇前去詐降。但被向榮識破，吳占鼇力主張家祥刺殺向榮，張家祥卻被向榮感動，隨之反水，殺死了吳占鼇，歸順了清廷，並且改名張國梁。張家祥的忠勇深得向榮器重，便將女兒許配家祥為妻。太平軍大將鐵金翅設鴻門宴，欲捕殺向榮。張家祥喬裝馬夫隨向榮赴宴，席間火起，張家祥奮力掩護向榮出逃。鐵金翅以重兵圍困，陳國瑞帶兵趕至，經過一場激戰，

救出向榮，擒獲了鐵金翅，清軍大勝。向榮堅守太平城，太平軍勇士林鳳祥喬扮樵夫，暗探軍情，繼而率兵攻城。恰值張家祥、張玉良外出，太平城被太平軍攻破。二張得知，復率兵會合向榮竭力反攻，經過一場廝殺，又重新奪回太平城。以上劇情是經常貼演的前四本《鐵公雞》。

《鐵公雞》劇照，南北著名京劇武生合演此劇，攝於 1920 年代上海。

據考，此戲為清末老三麻子（王鴻壽）依據太平天國真人真事編寫而成，《鐵公雞》是以劇中人鐵金翅之叔的名字名之，大概另有深意。全劇自洪秀全起義起，演到張家祥盡忠為止，光緒中年首演於上海「小天仙」。三麻子飾向榮、張鶴樓飾張家祥。文武並重，劇情穿插嚴密，尤稱佳構。因為開打火爆，滿臺跌、撲、真刀真槍，還有滿臺的「撲火」。（這齣戲的「火彩」十分講究，在《火燒向榮》一場，要上兩個擅施「火彩」的揀場人，分別站在上、下面門，依據打鼓佬開出的鑼鼓點，依次撒出「連珠炮」、「弔魚兒」、「倒栽」、「過樑」、「月亮門」和「滿堂紅」。向榮和張家祥要在「火彩」中，做出種種舞蹈動作，全場氣氛異常火炎。）因之，曾引起慈禧太后的興趣。宣旨三麻子全班人馬進宮，在頤和園大戲臺演出。另有文載，光緒癸卯、甲辰年間，老伶工程永龍亦曾率全武行進京，在鮮魚口天樂園演出此戲，共有四十八本，逐日演唱，轟動九城。自此，武生無不排演此戲，而且，此戲越磨越精，成為短打群戲的經典之作。二十世紀三十年代，李洪春、李萬春合演此戲，共計三

十二本，連演連滿，極受歡迎。《立言畫刊》報導：「劇中之新型開打，新發明之兵器，愈為開生面者，詢不虛也」。二十世紀四十年代，不少女角如關鷫鷞、白玉豔等，也都反串《鐵公雞》，足見此劇之盛。

　　禁與解禁：這齣戲的主題是描述清廷鎮壓太平軍，太平軍將領反水，成為統治階級的劊子手，因之與「無產階級的革命的英雄形象背道而馳」。1949年，中國人民解放軍軍事管制委員會剛一進駐北平，當即在報紙上宣布禁演此戲。新中國建立之後，文化部也再次下文通報全國，宣布此劇為禁戲之一。據李洪春先生回憶，二十世紀五十年代初，中國京劇院業務科曾一度研究改編此戲，但是一直沒有什麼進展，議過多日，最終還是掛了起來。因為張家祥這一角色與黃天霸一樣，都是「背叛革命事業的叛徒、醜類」。這樣，也就無人再提及改編搬演了。

　　「十年浩劫」之後，1990 年 5 月，天津市京劇團梅花獎得主、武生張幼麟、胡小毛等，根據三本《鐵公雞》重新改編加工整理了此劇，在得到天津市文化局批准之後搬上舞臺，對劇中人物重新賦予新意，引起不小的轟動。從此，《鐵公雞》一劇解禁。

　　12.《活捉三郎》

　　劇名：《活捉三郎》，亦名《活捉》。

《活捉三郎》劇照，著名京劇演員徐孟柯飾張文遠，唐禾香飾閻惜姣，攝於 2015 年北京。

　　劇情：閻惜姣被宋江殺死後，不忘舊情，深夜，魂魄尋至張文遠的書房，二人款敘舊情，相約同赴陰曹。文遠膽小，棄義不從。於是閻惜姣將張文遠活捉而去，完成了「生同床，死同墳」的夙願。故事出自崑曲《水滸記》。

　　戲名叫「活捉」，即恨之極，要捉；愛之極，也要捉。閻惜姣的死，使張文遠哭了三日三夜。哀戚無助，令人惻然。《戲考》稱：閻惜姣因偷情致死，「鴛鴦性打熬未暝，花柳情摧頹猶剩」，「如佛家舍利，劫火猛烈，猶燒之不失也」，其情亦真。寫入戲劇，纏綿悱惻，自有一種獨特的魅力。

　　禁與解禁：《活捉》之前為《借茶》，連在一起演，就叫《借茶活捉》。此劇在清代就被列入《永禁淫戲目單》，因「色情淫穢」，不准上演。但是，數十年來這齣戲依然禁而不絕。建國初期，文化部將《活捉三郎》等一系列「鬼戲」宣布為禁戲，通令全國，不准上演。到了 1963 年，舞臺上又出現了不少鬼戲。中共中央於 3 月 29 日再一次下發批轉文化部黨組《關於停演「鬼戲」的請示報告》。文稱：近幾年來，「鬼戲」演出漸漸增加，評論界又大加讚美，並且提出「有鬼無害論」，來為演出「鬼戲」辯護。對於戲曲工作的這種嚴重狀況，中央提出禁演，並要求「各省、市、自治區文化行政部門，應當把到現在仍在本地區上演的各種「鬼戲」開列清單，並提出或者停演或者修改後再上演的意見，報請省、市、自治區黨委審查批准後執行，同時將處理情況報文化部。」從此，凡有「鬼魂」的戲，皆被嚴禁演出。直到 1988 年秋，在北京市委宣傳部的鼓勵下，陳永玲率先將《活捉三郎》搬上舞臺，演出於北京長安戲院。

13.《大劈棺》（2）

　　劇名：《大劈棺》，亦名《蝴蝶夢》。

　　劇情：《大劈棺》的故事，原意出自《莊子》。劇中情節已在前文詳述，這裡不再重複。

　　禁與解禁：《蝴蝶夢》一劇，最早見於乾隆年間，《日下看花錄》中便有慶喜部伶人陳小山演出《蝴蝶夢》的記載。民國初年，《大劈棺》一劇再次掀起熱潮。1921 年 5 月 17 日《申報》評論說：「小如意善演此劇，劈棺一段，繞臺跌撲甚多，煞費力量。滬上跌打花旦，推為第一，惜嗓子已倒，所唱秦腔，無一字可解。」另有一文寫名伶賈璧雲的《大劈棺》更為神奇。「初出場即有一種輕顰淺怨神氣，流落眉目間，活畫出一個少年新寡婦。至楚王孫拜奠時，陪跪在旁，兩目癡注，秋水盈盈。不必做淫態，而觀者已為之心蕩神

移，是真花旦能手。」「劈棺一段，田氏手執板斧，輕開棺室之門，伸首內探，逡巡不敢入。全身瑟瑟抖戰，手中斧若將墜地。俄而一念私欲，便起決心，猛入棺室，劈去孝幛，躍登棺蓋，將欲砍劈，忽又轉念，身段縠觫，手震戰無力，不能運斧，乃逡巡自桌下。復躊躇半晌，逡巡出棺室，返至臥房門外，聞王孫呼心痛聲。於是，私念又起，咬牙忍心，撞入棺室，慾火炎炎，不復顧忌，乃劈棺焉。」「至棺蓋劈開，莊子驀然起立，田氏大驚，從桌上跌下，璧雲演得驚駭失色，宛然如真。而一個翻空筋斗，遠至丈餘。」（見 1921 年 11 月 1 日《申報》第 10 版）

　　《立言畫刊》上有文稱：「現在上海盛行《蝴蝶夢》、《大劈棺》，凡蒞彼男女旦角，除老牌外（周信芳）靡不紛紛演唱，均不可無，白玉薇、李金鴻、李玉茹等亦均先後演出。皆以丑角劉斌崑扮冥童二百五，姿態神情滑稽，極受觀眾讚賞。」（見 1943 年《立言畫刊》第 53 期《俠公談戲》）

　　抗戰勝利之後，國民黨一味沉迷驕傲之中，京滬舞臺一片頹靡，《大劈棺》、《紡棉花》甚囂塵上。幾乎所有名旦、坤旦都爭演此劇。其中以童芷苓、吳素秋演得最為紅火。二十世紀四十年代的北京也是如此，京劇界坤伶皆以演《大劈棺》、《紡棉花》為招徠。時有《歌場新詠》的梨園打油詩為證：

> 棉花紡得軟綿綿，
> 究竟坤伶玩藝鮮。
> 還有「劈棺」拿手戲，
> 斧頭劈出大洋錢。

　　北平和平解放的時候，解放軍軍管會當即宣布禁演此劇。1952 年，中央文化部再次宣布禁演《大劈棺》。國民黨政府退據臺灣後，對文藝政策也有反省。曾以此劇宣傳「淫蕩、殘忍，有害善良風俗」，亦宣布禁演。

14.《鍾馗》

劇名：《鍾馗》

劇情：最早的《鍾馗》戲叫《鬧鍾馗》，故事出自《孤本元明雜劇》和張心其著《天下樂》傳奇。全劇寫終南山進士鍾馗與同鄉杜平一同進京赴試。杜平為人樂善好施，曾饋贈銀兩幫助鍾馗。鍾馗雖然滿腹才學，殿試上筆走龍蛇，如有神助。但是因為面貌醜陋，而被皇帝免去了狀元之名。鍾馗一怒之下，在金殿前撞階而死。與他一同應試的杜平，為其收屍，隆重安葬。鍾馗死後做了鬼王，天帝封之為斬妖之神。為了報答杜平的恩義，遂親率鬼卒，

於除夕之夜返回故家，將妹妹嫁給了杜平。並率眾鬼卒將妹子送往杜家。

《鍾馗》劇照，著名河北梆子表演藝術家裴豔玲飾鍾馗，攝於 1998 年北京。

　　舊日，劇中的鍾馗皆由花臉扮演，唱、念、做、舞，別有一番路數。多年來京劇、崑曲、川劇、滇劇、同州梆子，都上演此劇目。在內地唱「鍾馗戲」最有名的當屬崑曲名伶侯玉山先生。他從二十世紀二三十年代就演《嫁妹》，在京、津、滬一帶，人稱「活鍾馗」。二十世紀五十年代他年逾花甲，仍登臺不輟，可見工夫之深。稍後一些飾演鍾馗最佳的演員，一是尚小雲之子尚長春，另一位則是「厲家班」的厲慧良。

　　禁與解禁：歷史上並無鍾馗其人，鍾馗源於古代一種用於驅鬼的棒槌，名叫終葵。久而久之，以訛傳訛，這根打鬼的終葵棒被人格化，成了終南進士，並產生了鍾馗捉鬼的傳說。此劇是從崑曲中移植過來，迄今演出仍用崑腔。劇中也使用「火彩」，即鍾馗「噴火」，也叫「噴彩」。飾演鍾馗的演員，把松香粉等引燃物事前卷成圓錐形火筒，兩端有孔，內裝燃燒草紙灰細片，徐徐吹出，呈現出閃爍的火星，以示鬼火。火噴得好壞，也反映出演員的技藝水平。

　　1949 年，當解放軍和平解放北平之後，解放軍北平軍事管制委員會文化接管委員會提出「禁演五十五齣含有毒素的舊劇」。指出全部《鍾馗》是「屬於提倡神怪迷信」的壞戲，必須停演。接著，在中央文化部成立之始，再一次強調禁演此戲，但又明確地說《鍾馗嫁妹》除外。如此，一禁便達四十年之久。

　　直到 1992 年，河北省梆子劇團奇才裴豔玲，在省文化廳的支持下，排演了全部《鍾馗》一劇。前半部鍾馗小生俊扮，以老生應工，後半部戲扮花臉，表演上汲取了崑曲名家侯少奎和京劇名家厲慧良表演的精華，又加上諸多新的創造，把這齣戲演到了登峰造極的化境。不久，被拍成彩色戲曲片，在全國放映。

15.《黃氏女遊陰》

劇名：《黃氏女遊陰》

劇情：故事並無朝代可考。趙臣的老婆黃氏女是個信佛的人，平日吃齋念佛，十分虔誠。有一天，她在夢中碰到金童玉女降臨，說閻王爺喜念經卷，要找她去對經文，也就是說她的陽壽已經到期了。黃氏女請求回家和丈夫兒女告別，金童玉女答應，一家四口抱頭痛哭。其後，金童玉女帶著黃氏女上路，在土地廟裏歇下，看到丈夫趙臣帶著兒女追來。但已是陰陽相隔，兩世為人了。

　　黃氏女在黃泉路上先碰到一群錦雞，又碰上一群惡狗，接下來又碰上一群陰間貧寒鬼攔路，黃氏女把買路紙錢送上，方才過去。再往前走，又見到一個丫杈樹下有一個收生女鬼攔路，於是把手巾扔到樹上方得解脫。如此，她在陰曹地府經歷了種種坎坷，都在戲中一一表演出來。最後一場戲是閻王爺與黃氏女對經，閻王出了一系列的難題，黃氏女對答如流，把難題剖解得一清二楚，使閻王爺深受感動。稱讚她是個「多才的女釵裙」。重新增添了她的陽壽，予以超生還陽。

　　禁與解禁：這齣戲的故事內容大多出自清人《玉歷宮鈔勸世文》、《玉歷記》和《太上感應篇》。其創意是教育陽世間人們要多行善事，死後方可超生。該劇在二十世紀四十年代的東北、平津一帶極為流行，時人評論，以天津碧蓮花唱得最好。碧蓮花生於 1902 年，原籍天津。幼年時，因家庭貧困，被父母賣給他人做養女，坎坷悲慘的生活經歷，促使她刻苦學藝，16 歲便在警世戲社二班唱主角，以《珍珠衫》、《杜十娘》等戲而馳名。尤其是她演唱《黃氏

女遊陰》中的「走過金橋過銀橋」時的甩腔，觀眾連跺腳帶鼓掌的叫好。碧蓮花扮相俊美，嗓音清脆甜潤，唱腔高亢響亮，音厚氣足，剛柔相濟。主要唱段均採用「一個半眼」弦，形成了她自己的演唱風格。劇中的「垛板」、「鎖板」，響亮乾脆，不拖不帶；輕快流暢，一氣呵成。被灌成唱片，廣為流傳。遺憾的是，這一代名伶由於染上了吸毒的嗜好，晚景窮困淒涼。

這齣戲也是鮮靈芝、筱俊亭、花淑蘭等名家的拿手劇目。戲中黃氏女與閻王一問一答的唱詞，因為通俗流暢，使很多鄉間婦孺都會吟唱。只是內容充滿了輪迴報應等封建迷信色彩，建國之初的 1951 年 11 月 5 日，文化部頒布了《同意禁演評劇〈黃氏女遊陰〉等六劇》的文件，指出：該劇「內容惡劣，演出形象恐怖」，明令禁演此戲。

16.《活捉南三復》

劇名：《活捉南三復》

劇情：惡霸南三復外出時遇雨，就近跑到一戶農民家中避雨。南三復看到竇家的女兒生得漂亮，就時常藉故往竇家跑。最終，他用花言巧語，騙得竇女失身。不久，竇女生下一個兒子，竇父拷問生的是誰人之子。竇女以實情相告，竇父盛怒之下，將女逐出家門。竇女抱著孩子找到南府，三復拒不相認，竇女絕望，抱著兒子凍死在南家門口。竇父到官府告狀，南三復重金行賄，使官府不聞不問。是日，南三復娶一富家之女，竇女陰魂不散，附於新婦之體，陳屍洞房。竇父告南三復開棺竊屍，官府再次受賄，南三復仍然未受到懲治。過了許久，南三復又從百里之外聘娶了曹進士的女兒為妻，竇女魂魄又隨曹家送親人等進入南府。且把當地姚舉人新故之女的屍體，放到了南三復的床上。此事傳至有錢有勢的姚家，姚舉人怒不可遏，狀告三復盜墓竊屍。南三復百口莫辯，終被判以極刑。竇女這個被污辱被損害的剛強女鬼，終於報了冤仇。

禁與解禁：這齣戲的內容原本很不錯，但在演出中處理失當，滿臺跑鬼魂，還有「借鬼搬屍」等等，舞臺氣氛陰森可怖，使人看後十分不快。解放初期，文化部為了淨化舞臺、破除迷信，宣布在全國範圍內禁演此戲（見文化部文件《中央文化部為同意評劇〈黃氏女遊陰〉等六劇及同意京劇〈薛禮征東〉等兩劇不在少數民族地區演出》（1951 年 11 月 5 日）。從此，是劇再未恢復公演。

17.《活捉王魁》

劇名：《活捉王魁》，亦名《情探》。

劇情：《活捉王魁》一劇見自明梅鼎祚《青泥蓮花記》所引《異聞集》，以及王玉峰的《焚香記》傳奇。寫名妓敫桂英在風雪之中救出秀才王魁，且以身相許，供他讀書。大比之年，王魁進京趕考，倆人恩情繾綣，依依難捨，海誓山盟於海神廟前，表示終生相依，永不變心。兩年後，王魁得中狀元。在名利的誘惑下，王魁遣書休棄桂英，另與官家之女成婚。桂英悲憤難抑，哭訴於海神像前，自縊身死。海神爺准了她的訴狀，命判官引桂英鬼魂趕赴京城，與王魁對證。桂英不捨夫妻情義，再次以「情」試探。不料王魁死心塌地、恩斷義絕，桂英盛怒之下，活捉了王魁。

禁與解禁：此劇在二十世紀三十年代搬上舞臺，是京劇坤伶金素梅的一齣拿手戲，曾美譽一時。建國之初，《活捉王魁》一劇被文化部列為禁戲，通報全國文藝界禁演。1957年，文化部為了配合「百家爭鳴」運動，又宣布開禁此劇。上海越劇院特約田漢、安娥對這齣戲重新改編，由陳鵬導演，還聘請著名川劇演員楊友鶴、周慕蓮和崑劇藝人薛傳綱為顧問重新排演。傅全香飾演敫桂英，陸錦花飾王魁，成為上海越劇院的保留劇目之一。

傅全香在「陽告」、「行路」、「情探」等折戲中，吸收了川劇、崑劇的表演技藝。運用四尺長袖，邊歌邊舞，表現出敫桂英美麗動人的鬼魂形象。其中一段〔弦下調〕：

> 聽說是汴京城心血如沸，
>
> 宰相家住著個負義的王魁。
>
> 他在那繡緯羅帳成雙作對，
>
> 甩得我敫氏女孤孤單單、淒淒切切、千里魂飛。
>
> 啊呀！賊呀，賊呀，今夜晚管叫你到神前服罪。

全段唱腔昂揚激憤，傅全香唱得聲情並茂，充分地表達出劇中人滿腔哀怨的悲憤之情，成了「傅派」唱腔的精品。1958年4月，此劇由江南電影製片廠拍成電影，在全國放映。在其後文化部發表的有關戲劇文件中，《情探》（《焚香記》）就成了一齣值得推廣的好「鬼戲」了。

18.《陰魂奇案》

劇名：《陰魂奇案》

劇情：根據現存文件可知，《陰魂奇案》是二十世紀五十年代初東北某評劇團排演的一齣新劇，筆者翻閱了很多資料，也未搞明白此劇內容。有的老藝人稱，它是一齣類似電影《三十八號凶宅》的近代故事，也有的說是一齣古裝的「聊齋戲」，大概此劇剛一露演即遭禁演之故，具體內容還有待詳考。據當年東北文化部向中央文化部反映的情況來看，這齣戲「內容惡劣，演出形象恐怖」，顯然是齣鬧鬼的故事。

禁與解禁：1951 年 10 月 4 日，東北文化部以（未列字）第 1606 號文件呈報中央文化部，提出禁演評劇《陰魂奇案》的意見。中央文化部於 1951 年 11 月 5 日覆函：「准予禁演」，並「抄送全國各大行政區」。

19.《因果美報》

劇名：《因果美報》

劇情：《因果美報》的故事出自《聊齋誌異》卷七《梅女》一章。講太行書生封雲亭，一日在寓室讀書。忽見一個鬼影從牆壁上走了下來，自言名叫梅女。因為生前有一竊賊闖入家中行竊，被家人逮捕，綁到衙門問罪。不想典吏受了竊賊的賄賂，反誣梅女與竊賊私通。梅女百口莫辯，憤而自縊。她懇求封雲亭鋸斷屋樑，梅女的屍身才能解脫。封雲亭聞之，十分同情，便拿出錢來，幫助房主拆屋易樑。梅女深受感動，遂與封雲亭締交。此後，她時常引來一名鬼妓到封雲亭處淫戲。日久，驚動鄰里，告之於官。典吏聞報前來私訪，見到鬼妓，乃是自己早已亡故的妻了。此時，梅女走了出來，當面譴責典吏昔日斷案受賄之事，典吏無地自容。彼時，梅女已託生延安府展孝廉之家，長成，多病。梅女讓封雲亭去展府為展女治病，並告以良方。果然藥到病除，待其康愈之後，二人成其百年之好。

禁與解禁：這是評劇開山鼻祖成兆才在民國初年編寫的一齣古裝評劇。全劇的主題就是「因果報應」，強調世間諸事「善有善報，惡有惡報」。在早期評劇發展史中，這齣戲佔有很重要的地位，尤其在唱腔的板式方面，經過歷代評劇藝術家們的精心創造，有不少的創新和突破，這也是該劇久演不衰的原因之一。李金順、花蓮舫、筱桂花、白玉霜、喜彩蓮等均擅此戲。

建國之初，共產黨號召「解放思想、破除迷信」，首先要從意識形態入手，這也是「戲曲改革」的主要任務之一。因此，1951 年 11 月 5 日中央文化部在批覆東北文化部 1951 年 10 月 4 日（未列字）第 1606 號呈文，並且抄送全國各大行政區的文件中，提出「《因果美報》等六劇，內容惡劣，演出形象恐怖，

准予禁演。」

20.《僵屍復仇記》

劇名：《僵屍復仇記》

劇情：在上海淪為「孤島」的時候，滬上一度出現了醉生夢死的畸形娛樂「繁榮」。新華影業公司導演張善琨（1905～1957）在租界內拍攝了《古屋行尸記》、《地獄探豔記》、《僵屍復仇記》等三部恐怖、色情影片，這三部片子，與馬徐維邦導演的《夜半歌聲》標誌著恐怖片在我國影壇的崛起。《僵屍復仇記》被時人稱為「恐怖離奇神秘緊張大片」，上映以來，場場爆滿，成為一時之盛。一些評劇團為了贏利，把電影故事「移步換形」，摻入《聊齋》情節，改編為一齣古裝戲，並用電影原名公演。演出後，也頗受時人矚目。具體內容，因筆者頭手缺少資料，不便妄談，有待細考。

禁與解禁：早在二十世紀三十年代開始，國民黨電影檢查機構，加強了針對中外「神怪」和「迷信」影片的節制和查禁。1931 年 5 月，《僵屍》準備在上海奧迪安和新光兩家影院放映，因其「神幻怪誕」，被上海市電檢會禁止，並「呈請市府轉請中央」，「通令全國，一律禁映」。當然，由於各種原因，還有很多類似《僵屍》或比《僵屍》相對符合「檢查規則」的歐美神怪恐怖影片，並沒有被電檢會當局禁止，在電影界和普通觀眾中造成深刻的印象。描寫「怪」、「力」、「亂」、「神」的電影和戲劇開始泛濫。

1949 年春，當解放軍進駐北平的時候，就著手整頓文化市場。1952 年中央文化部正式下文，通報全國各大行政區，對《陰魂奇案》、《僵屍復仇記》等一系列「內容惡劣」、「形象恐怖」的戲，予以禁演。1957 年 5 月 17 日文化部為了貫徹「雙百」方針，又頒布了《開放「禁戲」的通知》，提出「除已經明令禁演的《烏盆計》和《探陰山》外，以前所有禁演劇目，一律開放」。儘管如此，這類明顯不健康的鬼怪戲，也已無人再演了。

21.《薛禮征東》

劇名：《薛禮征東》

劇情：柳員外之女柳金花於某雪夜邂逅窮漢子薛仁貴，並為他的英姿所吸引，便許以終身。柳員外得知此事，企圖拆散他們。豈料二人在古廟幽會，不顧柳家反對，結為夫婦。隨後生下一子，取名薛丁山。奸臣張士貴於龍門縣招兵，薛仁貴兩度投軍，被拒門外。一次，薛仁貴無意中救了程咬金，獲賜

令箭，終得以隨軍出征。此時，蓋蘇文向唐太宗宣戰，薛仁貴屢建奇功。但皆被張士貴奪去，貪天之功據為己有。後來，唐太宗到鳳凰山出遊，被蓋蘇文擄獲。薛仁貴前往救駕，擊退了蓋蘇文，救出唐太宗。當太宗得知張士貴的惡行後，遂把張士貴收入天牢，並命薛仁貴為元帥。薛仁貴征戰十二載，一直與柳金花母子兩地分隔。十二年後，薛仁貴消滅了蓋蘇文，被唐太宗封為平遼王。方重返故鄉，與妻兒團聚。

禁與解禁：據 1929 年 5 月 14 日《申報》報導，《薛禮征東》一劇是由上海名武生王虎辰率先搬演於更新舞臺。因「劇中情節甚為緊湊，而布景更屬富麗堂皇，出奇制勝。」「自演出以來，無夕不告客滿。」從此，各路武生皆爭相搬演。

薛仁貴（614～683），史有其人，是中國唐代的一員名將。名禮，龍門（今山西河津）人。他驍勇善騎射。貞觀末年，應募從軍。隨唐軍攻打高麗（即今日之朝鮮）。在安市城（今遼寧海城南）阻擊援軍時，他身著白衣奮戰獲勝，為太宗賞識，升為游擊將軍，後又任右領軍郎將。高宗顯慶中，輔助營州都督兼東夷都護程名振經略遼東，屢破高麗、契丹軍，因功授左武衛將軍。龍朔初，鐵勒九姓襲擾，他率兵至天山，破鐵勒兵眾 10 萬。乾封初，又參與攻高麗，因功授右威衛大將軍兼檢校安東都護。咸亨元年（670）平吐蕃。永淳元年（682）突厥阿史德元珍反唐，他率兵出擊。突厥軍聞薛仁貴之名，自行退走。永淳二年（683）病卒。

薛禮一生為唐朝作戰，尤其兩次攻打高麗，戰功累累。《薛禮征東》這類戲，在二十世紀五十年代初舉國「抗美援朝」的形勢下，是與「國策」相違背的，而且也「有傷與朝鮮人民的感情」。1951 年，中央文化部根據東北文化部呈報的意見，下達了《中央文化部同意禁演〈黃氏女遊陰〉等六劇及同意京劇〈薛禮征東〉等兩劇不在少數民族地區演出》的文件。稱：「這樣劇目，至少會刺激民族感情的。同意現劇本未經審定前，不在少數民族地區演出。望即遵照。」並「抄送全國各大行政區」。

22.《八月十五殺韃子》

劇名：《八月十五殺韃子》

劇情：元朝蒙古人統治中國的時候，他們對漢族進行了殘酷的壓迫。蒙古人把漢人當作最卑賤的奴隸，除了建立各級統治機構外，在漢族的每一個家庭裏，都派駐一個蒙古兵，用來牽制和監視漢人。時人稱其為「家韃子」。

家韃子與漢族百姓同吃同住，生活由住戶供養。為了防止老百姓造反，漢人家裏的刀具由韃子掌管；為了防止漢人集結謀反，不准漢人夜晚外出。漢人家娶媳婦，韃子有「初夜權」，可於新婚之夜與新娘同宿。韃子無惡不作，老百姓對他們恨之入骨。

傳說有一年七夕，城內一家糕餅房老闆的兒子薛勇結婚，家韃子要強暴新娘，新娘不從，投河自盡。上面非但沒有追究韃子的命案，還又派來了一個新韃子住到他家。薛勇把滿腔仇恨，都集中到家韃子的身上。他日夜不出糕餅房，把做出的糕餅分贈予千家萬戶。到了八月十五，他家與以往過節一樣，擺滿了豐盛的酒菜，招待韃子酌酒。待韃子大醉之時，他從廚房出來，一刀將韃子的頭砍了下來！而後提著韃子的頭，跑到妻子的墳上祭奠。這時，家家戶戶如同過年一樣燃放鞭炮，人們奔走相告，傳送著在家裏殺了家韃子的勝利！原來薛勇將寫有「八月十五酉時統一動手殺韃子」的紙條包裝在每個糕餅裏，人們一傳十、十傳百，一個多月的時間傳遍了各地。老百姓同仇敵愾，各戶做了準備，在八月十五晚飯時，一起動手殺了「家韃子」。

中秋節起義，一起推翻蒙古統治的民間傳說，在中國家喻戶曉。故事來自清光緒年間刊行的徐大焯著的《燼餘錄》。該書反映蘇州吳縣百姓在蒙古兵進入之後，所遭受到的凌辱和殘虐。該劇內容大致以此為根據。

禁與解禁：太平天國時，人們以「韃子」為滿洲人的謔稱。又加上劉伯溫《燒餅歌》中對清滅亡的預測，以及清末民初排滿浪潮的高漲，《八月十五殺韃子》這類故事，就被編成戲劇上演，在一定的程度上反映了漢族的「排滿情緒」。

解放初期，政府出於民族團結的需要，宣布此戲「在少數民族地區」禁止演出。這一禁令，尤其側重在東北三省的施行。1957年文化部宣布解禁之後，此戲也再未恢復。

23.《小老媽》

劇名：《小老媽》，《小老媽開唠》或《槍斃小老媽》。

劇情：《小老媽》是一齣評劇傳統劇目，又名《傻柱子接媳婦》。是根據清代末年發生在北京的一件實事編寫而成的，搬上舞臺演出了半個世紀之久。故事寫河北三河縣農民傻柱子的媳婦，因家鄉受災，到北京去當傭工。被薦頭兒介紹到一家闊老爺家中當老媽子（即女僕）。數年以後，家鄉收成好轉，

傻柱子進京接媳婦回家。夫妻二人相見，百感交集，各述見聞。小老媽騎在
驢背，大講北京風物及東家的闊綽與吝嗇，傻柱子則述說地裏的收成和鄉里
的趣聞。這一節原本充滿了農民小夫妻的歡快情調，極有鄉土氣息。但是，
後來小老媽在闊老爺的引誘下，變得好吃懶做、貪戀享受，與闊老爺勾搭成
姦，而厭棄了自己的丈夫。最終，她用毒藥害死了傻柱子。事發之後，小老媽
被官府緝拿歸案，經過三審定勘，判為槍斃。

民國初年東北評劇演員演出《槍斃小老媽·辭活》劇照，
攝於 1910 年。

　　另一說，這齣戲是成兆才據民間唱本《老媽回家歎十聲》改編的，是評
劇形成後第一個表現當代生活的劇目。唱腔採用唐山流行的嗩吶牌子。宣
統元年（1909）此劇以慶春平腔梆子班首演於唐山一帶，後續《槍斃小老
媽》，成了一齣渲染色情、兇殺的戲。據說民國初年，譚鑫培家中辦堂會演
出此戲。結果，戲散之後，眾人憤怒，要圍打小老媽，嚇得飾演小老媽的演
員出不了後臺。此劇劇本收入文匯書局 1936 年 5 月出版的《評戲考》第一
集。

　　禁與解禁：這齣戲在清末剛一登場，就遭到了士紳們的強烈反對。成
兆才班在天津演出時，也曾被天津政府驅逐出境。民國期間，河北三河縣

《縣志》和三十年代北平特別市社會局戲劇審查委員會，均有禁演此戲的記錄。但是，北方民間農村的老百姓愛看此戲，所以在關內、關外猶自演之不絕。

1952 年 3 月 7 日，中央文化部下發了《禁演評劇〈小老媽〉的通知》，文稱：「東北文化部 1952 年 1 月 15 日未列字第 1731 號呈轉熱河省文教廳報請禁演全部《小老媽》（包括《老媽開嗙》和《槍斃小老媽》二劇）一案到部。經審查原劇本，確有誣衊醜化勞動人民及宣揚淫毒、姦殺、迷信等極端惡劣的內容，應予禁演，特此通令遵照。」

一直到「文革」後的 1978 年，東北海城喇叭戲劇團率先恢復此劇的上演，由陳寶全飾傻柱子，李風棠飾演媳婦，劇本也進行了很大的改動。

24.《引狼入室》

劇名：《引狼入室》

劇情：《引狼入室》是一齣描寫清政府借助英美帝國主義勢力，引進洋槍隊，鎮壓太平軍的故事，最終太平軍雖然取得了勝利，而清政府引狼入室，在政治和軍事上也受到了極大的損害。

該劇係二十世紀五十年代初東北《戲曲新報》出版的叢書中刊載的一個劇本，1952 年由天津共和劇社排演成一齣清裝劇，向天津文化局報請演出。經天津文化局審查後，認為該劇有很多缺點，遂勸共和劇社暫緩演出。又因為該劇本在各大書店均有售賣，並且各埠已有演出者，如有錯誤，則所起不良影響亦必不小。故對該劇本提出意見，呈請中央處理。如有停演必要，並請明令全國各地一併停演。

筆者因找不到當年東北《戲曲新報》所刊劇本，不識詳細情節，但從當年天津文化局向文化部陳述的意見中，也能瞭解到該劇的一些梗概。他們在 1952 年 5 月 12 日報呈文化部的《津化（52）秘發字第 46 號報告》中稱：「《引狼入室》一劇，作者企圖在梗概中已有說明，但演出所起的效果恰恰相反。首先他把英美帝國主義組織洋槍隊幫助清朝鎮壓太平軍的史實，只單純暴露了清統治階級為鎮壓革命，勾引外國出賣國土、引狼入室。而把英美帝國主義見到太平軍革命力量強大，唯恐影響其既得利益，為鞏固其侵略基礎，主動扶持封建勢力的重要一面，並不能深刻的暴露出來。這樣引起的效果只能使人憤恨清朝統治者的引狼入室，而對英美帝國主義處心積慮的侵略企圖認識不足。最後的結果使人感到我們受侵略是咎由自取，不能增加我們對美英

帝國主義的仇恨。其次，全劇的五分之四都是描寫中國封建統治階級、商人、地痞、流氓，如何無恥地認賊作父的下流勾當，或是描寫英兵、美兵如何屠殺、搶劫、姦淫中國人民，對於中國人民打擊侵略者英雄氣概毫無描寫」等等。

禁與解禁：天津文化局在此函的結尾說，經研究認為：「這個劇本實質上是反愛國主義的，應該予以停演，以免造成政治上損失。」文化部在收到此函後指出：「同意該局意見及處理辦法外，查此劇本在東北印行及演出，不知你部是否加以審查？如事先事後皆未能嚴格審查，聽任其出版演出，則你部應檢查此一工作，並將結果報部。為彌補此項錯誤，現應立即通知各地停止上演與停止其劇本之發行；其已發行者，並應迅予通知各地代售書店收回為要！」文後特注明「此文係給東北文化部的指示」（見1952年6月21日《中央文化部查禁京劇本〈引狼入室〉指示》）。

25.《蘭英思兄》

劇名：《蘭英思兄》

劇情：《蘭英思兄》是一齣短小的川劇，是寫一個叫蘭英的少婦在思想她的戀人的故事，一說出自清代李修行撰寫的言情小說《夢中緣》，一說出自攜李煙水散人徐震寫的《桃花影》。因為此二書中都有蘭英這一人物。

評劇老藝人孫鳳岡、劉子西先生說：這折戲二姐要唱十三道大轍、數百句的戲詞，來描寫女人的相思之苦，層層剝寫，細之又細。例如：

忽想起一個媽媽例兒，我何不與我二哥把課占；
頭上的玉簪忙拔下，我在地上畫圓圈；
大圈畫上三十四，小圈畫上四十三；
三十，三十四，四十，四十三，
我何不從頭數一數，為什麼沒有雙來總是單；
難道說我們夫妻不得相見，莫非說與我二哥不得團圓；
看起來占課算卦不中用，惱一惱咯嘣撅了白玉簪。
撅了簪子，胡啦了圈，恨不能搬張梯子上了天；
上天不把別人找，找一找月下老瞎眼神仙。
不是夫妻你別給我們配，為什麼讓我們北的北來南的南，年輕幼小受孤單。
有朝一日我見了你的面，逮住了鬍鬚我把你的嘴巴扇！

這一段唱詞「土則土矣」的草根藝術，但真把一個「思」字寫到了家。而這只不過是其中的一段而已，演員唱來，一嗟三歎，盪氣迴腸，別有一番氣象。川劇《蘭英思兄》可能更有過之。

禁與解禁：也正是因為這類戲中的詞句存在一些「不健康的色情」成分，建國伊始的 1951 年，中央文化部下達文件，對川劇《蘭英思兄》予以禁演。那麼，同屬一類的評劇、曲藝也都自覺自禁了。

26.《鍾馗送妹》

劇名：《鍾馗送妹》，亦名《鍾馗嫁妹》。

劇情：《鍾馗送妹》是一齣川劇，是早年間從全部《鍾馗》移植的一齣神話戲。故事出自《孤本元明雜劇》和張心其著《天下樂》傳奇。「送妹」戲較之「嫁妹」傳說，有了更完美的故事情節和鮮明的人物形象。終南山進士鍾馗因感杜平為其埋骨之義，乃歸家，以妹嫁杜，並率鬼卒送往杜家。此是全部《鍾馗》的一折。鍾馗由花臉飾演，全劇載歌載舞，充分展現演員的功架、造型和唱腔，是一齣有著獨特藝術色彩的名劇。川劇演來，比京劇、崑曲似乎更加豐富。鍾馗有「噴火」、「耍笏」之外，有的還加上「變臉」，「跑高蹻」，「五鬼鬧判」、「大火彩」等等。更像民間的社火、走會，顯得格外火爆。

禁與解禁：建國初期，對於「鍾馗戲」的禁演是與對「關公戲」禁演的作用相近。目的都是要在舞臺上破除「神權」，以配合舉國上下「破除迷信」的運動。文化部在 1950 年至 1952 年頒發的 26 齣禁戲中，曾兩次涉及鍾馗。一次是禁演全部《鍾馗》，但在括弧中注明：「其中《嫁妹》一折保留」；而另一次則明確地強調禁演「川劇《鍾馗送妹》。」有時「《嫁妹》一折保留」和禁演「川劇《鍾馗送妹》」還同時出現在同一文件中。可見，當年禁戲政策搞得並不十分嚴謹。

1957 年 5 月 17 日文化部在決定開放「禁戲」時說：「當時，由於對這些禁演劇目解釋不夠明確，缺乏分析，在執行中又造成了許多清規戒律，妨礙了戲曲藝術的發展」（見 1957 年 5 月 17 日《文化部開放「禁戲」的通知》）。今日看來，倒也十分貼切。

27.《麻瘋女》

劇名：《麻瘋女》

劇情：《麻瘋女》的故事取自清代野史，即曾七如所著《小豆棚》卷八中的《二妙》一則。傳說蘇州商人褚文興，經常到廣東去做生意，十年之間，獲利頗豐，也備嘗辛苦。廣東有個姓黎的老搭檔，他有個女兒叫二妙，聰明美麗，年方十三。褚文興每次來廣東，都要捎些江南脂粉送給二妙。起初，褚文興只是喜歡二妙天真爛漫，時間一長，二妙長大，兩下裏便有了感情。褚文興從廣東回蘇州三年，恰逢廣東流行瘟疫，黎氏家道沒落，生活日窘。有一天，褚文興來到廣東，黎某見了備道苦況，二妙則又羞又慚。當時，二妙已經染上麻瘋病，黎某暗中讓女兒移情於褚文興，以便「過癩」。所謂「過癩」，就是在性交時把麻瘋病傳給他人，自身可以痊癒。這一天，黎某藉口出門，二妙來至褚文興房中。褚文興情不可遏，欲與二妙行雲雨之事。二妙卻悲戚地告知實情，勸他從速離去。言畢，二妙泣不成聲。褚文興好言勸慰，並給她銀兩，囑其治病。說完，匆匆離去。半年後，二妙病重，肌膚潰爛，眾人皆遺棄之。二妙沿途乞討，其形污穢不堪。十個月後，二妙來到蘇州，訪至褚家。文興沒有嫌棄她，把她安頓在一處廢園居住，家人每天給她送飯。廢園中有老槐一株，樹心已空，有蛇棲息其中。二妙將飯碗放在窗上時，蛇也游來食之，蛇食罷，二妙又食之。一日，二妙忽然發現自己的皮膚開始結痂，痂脫落後，露出了豐腴白嫩的膚色。不久，二妙竟病體痊癒，家人喜出望外。褚文興遂與二妙成婚。其後方知，是蛇毒治好了二妙的瘋疾。

禁與解禁：1936 年，已經加入新華影業公司的馬徐維邦，參照郎卻乃主演的《歌場魅影》，拍攝了《夜半歌聲》，此片轟動全國。1937 年，他又編寫了恐怖影片《麻瘋女》。以談瑛扮演的麻瘋女邱麗玉，疾病發作之後的手部、臉部變化，達到了驚顫人心的恐怖效果。在這種藝術手法的刺激下，評劇也編演了古裝的《麻瘋女》。上演之後，從關內傳到關外，不知換取了多少觀眾的驚悚和眼淚。

1953 年 12 月 3 日，東北文化局致函文化部，「建議停演或禁演《麻瘋女》一劇」（見東文藝字第 1244 號《報告》）。文化部於同年 4 月 16 日《批覆「建議停演或禁演評劇〈麻瘋女〉的意見」》。文件說：「本部認為該劇內容宣傳了反科學的及愚昧人民的思想，並以醜惡的舞臺形象給觀眾以不良影響，基本上同意你局意見。」並且說：「今後對於不良劇目，除在政治上內容反動者以外，一般不宜過多採用行政命令禁演的辦法，而應著重思想上的揭發和鬥爭。因此，對《麻瘋女》一劇，請由你局或瀋陽市召開該劇座談會，

在報刊上展開批評，並規定國營劇團、劇場不演此一劇目。採取這樣的方式和措施來影響其他民間職業劇團，啟發他們的自覺，而自動放棄上演，較為妥善。」

28.《清宮秘史》

劇情：清光緒年間，在慈禧太后的擺佈下，隆裕立為皇后，珍妃被封之側室。帝師翁同龢教習光緒學經解義，灌輸啟蒙思想，光緒萌發維新變法之念。甲午戰敗，翁同龢被太后開缺回鄉。行前向光緒推薦康有為輔佐推行新政。戊戌變法，光緒裁撤昏庸老臣。遭到太后反對，雙方矛盾激化。太后欲鉗制光緒，密謀廢帝，剿滅維新派。維新派夤夜決策，光緒密詔袁世凱勤王，刺殺榮祿，圍執太后。袁世凱向後黨告密，太后重新問政，捉拿維新派首領。光緒被軟禁瀛臺，珍妃也被打入北三所。接著，八國聯軍入侵，逼近天津。光緒焦灼不安，密往北三所探視珍妃。兩人相對無言，執手嗚咽。珍妃勸勉皇上保重身體，來日再展鴻圖。侵略軍兵臨京城，太后挾持光緒一起出逃，並逼迫珍妃投井。

《清宮秘史》劇照，導演朱石麟、編劇姚克。著名電影名星舒適飾光緒帝，周璇飾珍妃，攝於 1950 年。

禁與解禁：此劇係朱石麟撰寫，舒適演光緒，周璇演珍妃，於一九四八年底拍成電影，在全國各地放映，引起轟動。京、評、梆、越諸大劇種都爭演此劇，一時劇壇掀起了「珍妃熱」。五一年，此電影在中南海放映，劉少奇贊其是「愛國主義」的好影片。而毛澤東的看法與之相左，認為是一齣「賣國主義」的壞戲。於是，此片與涉此內容的清宮戲如《清宮外史》、《珍妃淚》等均遭禁演。

文化大革命爆發後，為了打倒劉少奇，在毛澤東的支持下，一九六七年元旦，《紅旗》雜誌發表了姚文元寫的《評反革命兩面派周揚》一文，點名批判了十八年前曾經引起轟動的電影《清宮秘史》。接著，三月二十三日《人民日報》發表了戚本禹的文章：《愛國主義還是賣國主義？——評反動影片〈清宮秘史〉》。文章單刀直入地寫道：「毛主席說『馬克思主義的道理千條萬緒，歸根結底，就是一句話：造反有理。』對於義和團的革命群眾大造帝國主義的反、大造封建主義的反的革命運動，究竟採取什麼態度？是支持還是反對，是歌頌還是仇視？這是檢驗真革命和假革命、革命和反革命的一塊試金石。」一下子把這齣戲提到「反黨反人民」的高度，聞者莫不噤若寒蟬。此劇成了打倒劉少奇的導火索。

直到一九七六年，「四人幫」覆滅以後，《清宮秘史》的冤案才被平反。

十年以後，文化局直屬勇進評劇團率先恢復了《清宮秘史》的演出。繼而，該電影也得以公開放映。

29.《武訓傳》

劇情：這是根據真人真事改編的一個故事，寫清末山東堂邑人武七，七歲喪父，與母親乞討為生。他想讀書，靠打把式賣藝湊夠錢，卻遭學堂先生打罵，斷了念頭。母親因病去世後，武七到張舉人家傭工。他為人老實憨厚，屢屢遭人欺負。婢女小桃身世淒苦，但很熱心，時常幫助武七。一日，武七的老鄉捎話，說他的嬸母病重急需用錢。武七向張舉人支取三年工錢，卻被張舉人以假賬相欺。武七爭辯，反被誣為訛賴，遭到毒打。小桃捨身相救，幫助武七逃走。武七氣恨難消，不食不語，病倒三日。從此，吃盡文盲苦頭的武七立下了宏志，決意以乞討為業，興辦義學，為窮苦人解脫文盲之苦。在他堅持不懈的努力下，歷盡千辛萬苦，得到各界的幫助，終於創辦成多所義學，深得人們的敬重。

《武訓傳》劇照，中國電影製片廠拍攝，崑崙影業公司發行，著名電影名星趙丹飾武訓。1951 年公映。

禁與解禁：最初這個故事被拍成電影，由孫瑜導演，趙丹、黃宗英、周伯勳等名家主演。上映後，甚為轟動。戲曲界也爭相排演此劇，其中，北京「四大鬚生」之一的奚嘯伯最為積極，他組織了最強的陣容，還特邀李慧芳飾演小桃。山東呂劇團、河南的豫劇團也都將這個故事進行了改編，在城鄉巡迴上演，反映也很強烈。

但是，一九五一年五月二十日，《人民日報》突然發表了毛澤東撰寫的一篇社論《應當重視電影{武訓傳}的討論》。文章寫道：「《武訓傳》所提出的問題帶有根本的性質。像武訓那樣的人，處在清朝末年中國人民反對外國侵略者和反對國內的反動封建統治者的偉大鬥爭的時代，根本不去觸動封建經濟基礎及其上層建築的一根毫毛，反而狂熱地宣傳封建文化，並為了取得自己所沒有的宣傳封建文化的地位，就對反動的封建統治者竭盡奴顏婢膝的能事，這種醜惡的行為，難道是我們所應當歌頌的嗎？向著人民群眾歌頌這種醜惡的行為，甚至打出為人民服務的革命旗號來歌頌，甚至用革命的農民鬥爭的

失敗作為反襯來歌頌，這難道是我們所能夠容忍的嗎？承認或者容忍這種歌頌，就是承認或者容忍污蔑農民革命鬥爭，污蔑中國歷史，污蔑中國民族的反動宣傳，就是把反動宣傳認為正當的宣傳。電影《武訓傳》的出現，特別是對於武訓和電影《武訓傳》的歌頌竟至如此之多，說明了我國文化界的思想混亂達到了何等的程度！」

於是，在全國自上而下地掀起了一場批判武訓的運動。有關武訓的電影和戲劇便由此禁演了。直至文革結束，此劇始得到解禁。

30.《八大拿》

劇情：京劇《八大拿》是指八齣武戲，但說法不一。故事源自清代乾隆、嘉慶年間的民間通俗公案小說《施公案傳》，未書著者姓名。後經說書人加工整理敷演而成為一部膾炙人口、家喻戶曉的故事。晚清沈小慶等文人又將其編成京劇，搬上舞臺，一直流傳下來。

《三義絕交》清代河北蘆台手描彩繪木版年畫。

《八大拿之落馬湖》清代山東濰坊套色木版年畫。

《八大拿之拿謝虎》清代山東濰坊套色木版年畫。

　　最早，這八齣戲在清宮內外均有演出，情節有連貫性，都是官府緝捕擒拿土豪劣紳、莊頭霸主。且每齣戲裏都有黃天霸出現，故而也稱「天霸戲」。戲的內容都發生在京杭運河兩岸，是施世綸打通運河漕運的故事。據翁偶虹先生講，「八大拿」是「雙廟單窩堡，兩府一莊湖」。雙廟就是「八蠟廟」拿費

德功，「茂州廟」拿謝虎，單窩即「薛家窩」，拿薛金龍。「殷家堡」拿殷洪。兩府即「東昌府」拿郝文僧，「河間府」拿侯七。「霸王莊」拿黃龍基，「落馬湖」拿猴子李佩。而侯喜瑞先生的說法與之不同，稱「八大拿」是「霸王莊」、「殷家堡」、「東昌府」、「落馬湖」、「獨虎營」拿羅四虎、「裏海塢」拿郎如豹、「淮安府」拿蔡天化和「招賢鎮」拿費德功等。而有黃天霸的《惡虎村》、《連環套》則不屬於「八大拿」之列。

其中，《薛家窩》，黃天霸原為綠林人，因義兄賀天保被施世綸所殺，欲刺殺施世綸。不料被施世綸擒，又將其釋放。黃天霸歸降官府。薛家窩的薛金龍與一枝花謝虎有姻親，欲為謝虎報仇。李七侯、何路通夜探薛家窩被擒。眾英雄三探薛家窩，救出李、何二人，拿獲薛金龍。

《八蠟廟》，一名《招賢鎮》。寫淮安招賢鎮土豪名費德功，仗寶劍和毒藥箭無惡不作。在八蠟廟的廟會上，費德功因色起意，強搶民女梁蘭英。蘭英不從，被亂棍打死。金大力得知此事後，引領蘭英的僕人告到施世綸處。黃天霸、朱光祖等欲為民除害。褚彪、黃天霸之妻張桂蘭、賀仁傑喬裝改扮，經過費德功門前，費德功又將桂蘭搶走。桂蘭盜得費德功的寶劍、毒藥箭。黃天霸、朱光祖與費德功激戰，天霸夫婦被擒，被關泰、金大力所救，最後，群英一起擒拿了費德功。

《茂州廟》又名《拿謝虎》。採花大盜謝虎，每次採花，留下一枝桃花做為的標記，故綽號一枝桃。在茂州廟，天霸、金大力、計全等人，協力將謝虎拿獲。

《殷家堡》一名《拿殷洪》。綠林郝素玉行刺施世綸，被擒。殷家堡堡主殷洪廣邀江湖好漢，欲救郝素玉。褚彪、李堃亦在被邀之列，李堃暗地送信給施世綸，並與朱光祖，代關泰與褚彪之女蘭香訂婚。褚彪也就願意幫助官府，由褚彪、李堃作內應，群雄大破殷家堡，拿住殷洪。

《東昌府》，施世綸在東昌府玄壇寺被郝文僧擒拿。天霸等人解救施世綸，拿郝文僧。

《河間府》，施世綸至河間府，有一撮毛侯七強搶民女。黃天霸等英雄前往營救，合力擒獲侯七。

《霸王莊》，朱光祖到訪霸王莊，被莊主黃龍基挑唆，行刺施世綸。朱光祖被天霸擒獲。朱光祖與黃天霸素有舊交，吐露霸王莊實情。黃天霸、朱光祖一起將黃龍基擒獲。

《落馬湖》：施世綸私訪被擒，押在落馬湖李佩處。天霸訪得儲彪、萬君兆，乘李佩壽辰，眾人喬妝混入落馬湖，救出施世綸，何路通水擒李佩。

其他，如《獨虎營》拿羅四虎、《裏海塢》拿郎如豹、《淮安府》拿蔡天化等戲，也都是「懲惡揚善，護持施公」的內容。這類戲均以武功為主，是歷代南北武戲魁首，如李春來、楊小樓、蓋叫天、李洪春、孫毓堃、李萬春、李少春，張世麟、王金璐等人獨擅。因每齣戲開打火炙且功架各不相同，對愛看武戲的觀客頗俱吸引力。尤其海派演來，多以「真刀真槍上臺」為號召，在解放以前，《八大拿》在大江南北久演不衰。

禁與解禁：解放後的五十年代，由《戲曲報》牽頭，對黃天霸這個人物進了階級分析性的大討論。辨識「黃天霸到底是好人還是壞人？」一派人認為：黃天霸稱得起是英雄好漢，他能棄暗投明，效忠政府，護保清官，綏靖一方，為民除害，值得褒揚。另一派則認為，他投靠的官府是封建皇朝，他不講義氣、驕橫跋扈、翻臉不認人。為保清室官吏，三義絕交，殺戮義兄義嫂和各路豪傑，劣跡斑斑，身上沾滿人民鮮血。他與宋江、黃三太、展昭之流，都是一路貨色，是皇帝和官僚們的奴才、走狗和保鏢。最終，這派意見佔了上峰。黃天霸被扣上「鷹犬」、「走狗」、「階級異已分子」的帽子，最終把他趕下了舞臺。「八大拿」也就此打入「禁戲」之列。從此，造成了箭衣羅帽武生的「天霸戲」，在藝術傳承中瀕於失傳。

林彪事件之後，毛澤東身體欠安，忽然想看古裝戲，還親自點了《遊龍戲鳳》等23齣傳統老戲。其中也有「天霸戲」中的《惡虎村》。江青遂密令文化部拍攝了由張世麟主演這齣戲。但只供主席觀看，不得對外公演。因之，這也不算是對「天霸戲」開禁。直到1985年，經組織批准，譚元壽正式對外公演了全本《連環套》。《北京晚報》報導稱：譚元壽飾演黃天霸時在臺上穿的那件黃馬褂，還是慈禧皇太后當年親賜他的老祖譚鑫培的實物。自此，算是「天霸戲」又得到了恢復，《八大拿》中部分劇目也可以演出了。但是，會演《八大拿》的藝人，經過這三十多年的擱置和折磨，多已廢棄凋零，難得全貌了。

31.《鎖麟囊》

劇情：某朝，山東登州府的富家之女薛湘靈出嫁，途中遇雨，棲於春秋亭暫避；這時載著貧女趙守貞的另一架花轎也避入其中，因亭間狹小，從人皆退到別處，僅留二女獨對。薛湘靈聽聞趙守貞哭聲隱隱，便問之何故。趙守貞只歎貧賤夫妻，百事哀戚，前程堪憂。湘靈仗義憐惜，從嫁資中取出母

親相與內貯珠寶的鎖麟囊相贈。雨過天晴，二人別去。六年之後，登州一帶洪水為患，窮富皆詭劫一空。湘靈與家人失散後，逃難到了萊州。為求生計，湘靈只好委身當地紳士盧家為奴。一日，湘靈陪小公子天麟在花園遊戲。公子故意將球拋入一間小樓，逼薛湘靈登樓取球。湘靈不得已上樓，卻見到當年贈送守貞的鎖麟囊供在香案之上，不覺悲從衷來，失聲而泣。原來這位盧夫人即是趙守貞，他們夫妻二人便是憑著鎖麟囊內含寶物迅速發家。如今，得知湘靈為贈囊之人，感慰不盡，敬如上賓，並助其尋得母親、丈夫、兒子、家僕，闔家團聚，兩家亦結為百年之好。

《鎖麟囊》劇照，著名京劇表演藝術家程硯秋飾薛湘靈，攝於 1948 年。

　　禁與開禁：《鎖麟囊》又名《牡丹劫》，取材自《劇說》中一則只有數十字的《只塵譚》的故事，是名劇作家翁偶虹在 1937 年，為程硯秋先生編寫的劇本。經程硯秋先生精心設計、創腔的再創作，於 1940 年在上海黃金大戲院隆重推出，一炮而紅，連演四十餘場，場場爆滿，轟動南北。這齣戲飽沾程派聲腔藝朮的精華和程硯秋的全部心血，一向視為隋珠和璧。解放前，程先生每貼必滿。被灌製了無數唱片，以至大街小巷，無吟不程，無程不「鎖」。

　　解放後，文化部設立戲曲改進局。在該局召開的第一次戲曲工作會議上，明確了戲改的主要內容，「要使舊形式迅速為人民服務」，讓「舊戲曲」成為「新文藝」的一部分。要實施戲曲審查，要以「人民大眾的立場評價舊戲曲」，按照人民的選擇來決定戲曲內容的取捨。於是，包括《鎖麟囊》在內的一大批傳統劇目就被「槍斃」了。《戲曲報》在 1954 年 11 期上明確地把《鎖麟囊》定性為「宣揚緩和階級矛盾以及向地主報恩的反動思想的劇本」。

　　《鎖麟囊》被禁的原因，在於「宣傳因果報應，腐蝕人民思想」。程硯秋對此很不理解，也很不服氣，多次向文化部門申訴，但均無結果。1956 年，文化部決定給梅、尚、程、荀「四大名旦」拍攝彩色舞臺藝術片，藉以弘揚國粹。先後給梅先生拍了《貴妃醉酒》、《宇宙鋒》、《霸王別姬》等。為尚先生拍了《昭君出塞》、《失子驚瘋》。給程硯秋拍什麼戲可就出了難題。程先生說：「要拍就拍《鎖麟囊》，別的不拍。」攝製組的領導反覆來做思想工作說：人人都知道《鎖麟囊》是程派的代表劇目，但《鎖麟囊》的思想性不強，不能起到「引導群眾，教育人民的作用」。電影要在全國放映，社會影響大，請程先生多多理解。可程硯秋就是理解不了，他問：《醉酒》、《出塞》就能教育人民嗎？」不得已，文化部請來了周總理來勸程硯秋。程先生是十分敬重周恩來，他謙誠地徵求周總理的意見。周恩來笑著說：「我看你的《荒山淚》最好。一個幸福的小康人家在封建社會苛捐雜稅的壓迫下，弄得家破人亡。一個好端端的婦人被逼入荒山，持刀自盡。是一齣對「人吃人」的舊社會的血淚控訴。是不是更有意義哪？」程硯秋聽後，唯點頭稱是。於是就穿上「富貴衣」，拍了這齣淒絕哀婉的《荒山淚》。直到 1958 年 3 月 7 日，在程硯秋去世的前兩天，中國戲曲研究院派人到醫院探視他。極其衰弱的程硯秋又提到了病好之後，要演《鎖麟囊》。面對垂危病人的臨終前懇求，探視者的階級立場絲毫沒有動搖，依然斬釘截鐵的回答：「《鎖麟囊》這齣戲是不能再唱了。」就這樣，程硯秋一直惦記著的《鎖麟囊》，至死也沒有獲准恢復演出。

　　直到文革以後的 1983 年，中國劇協為紀念程硯秋逝世二十五週年，經上級批准，由程師的五大弟子李薔華、李世濟、趙榮琛、王吟秋、新豔秋連袂演出《鎖麟囊》，並取得巨大的成功。這齣被禁演了三十多年的《鎖麟囊》，這才算正式解禁。

32.《戰宛城》

　　劇情：建安二年，曹操率軍討伐宛城。守城張繡見曹兵強大，接受了賈詡的勸告，投降了曹操。曹操非常高興，帶了侄兒曹安民上街閒逛，不經意間看見一位女子頗有姿色。曹操心動，回到館舍，命曹安民前去打聽是誰家的美人。曹安民報知，此婦人乃張繡叔叔張濟的遺孀，曹操頗感惋惜。曹安民知道曹操的心事，便說：自古寡婦再嫁，天經地義，做侄兒的怎能干涉嬸娘的婚事呢？曹操聽了，大為欣慰。當晚，曹安民帶兵把鄒氏接到帳中。因孤男寡女的情慾需求，二人一拍即合，結成露水夫妻。此事被張繡識破，勃然生怒，擬再次反水報仇。便假稱軍心不穩，希望把自己的部隊遷入曹營駐紮。曹操欣然同意。是夜，張繡宴請曹操的心腹猛將典韋，將其灌醉，派大將胡車兒混入曹營，偷走了典韋擅用的兵器。而後調動兵馬，突襲曹操大營。曹軍大亂，典韋驚醒，死命抵擋，力竭身死。曹操拋棄了鄒氏，落荒而逃。鄒氏無從走脫，被張繡一槍刺死馬下。

《戰宛城》劇照，著名京劇表演藝術家王金璐飾張繡、陳永玲飾鄒氏、景榮慶飾曹操，攝於 1981 年上海人民大舞臺。

　　禁與解禁：《戰宛城》的故事源自《三國演義》第十六、七回，既《呂奉先射戟轅門，曹孟德敗師淯水》、《袁公路大起七軍，曹孟德會合三將》。京劇《戰宛城》一說源自崑曲，一說，是從徽戲移植過來。最初由滬上名武生李春來率先搬演，十分轟動。後經諸多表演藝朮家的增添修改，成了一齣集生、旦、淨、丑之大全的精彩大戲，歷代久演不息。但此戲在上世紀五十年代已打入禁戲。

　　對此戲的批評意見，大多集中在旦角的「思春」一場的表演，過於煙視媚行，猥瑣導淫，尤其「筱派」表演，「性暗示」強烈，有傷風化。故而禁演。一說，曹操一角的表演有失常態，過於淫虐，有污大政治家的形象。早在民國時期，北平市長袁良就曾禁演此劇。在而今的北京檔案館中，仍有底案可查，所以當禁。

　　其時，《毛澤東詩詞》已正式發表，其中有一首《漁家傲》寫道：「往事越千年，魏武揮鞭，東臨碣石有遺篇。」詞中充滿了對曹操的崇拜。他曾對工作人員說過：「我還是喜歡曹操的詩。氣魄雄偉，慷慨悲涼，是真男子，大手筆。」他認為，曹操在歷史小說和戲劇舞臺上，一般都以奸臣的形象出現。他在青年時期就不認同這一觀點。新中國成立後，他堅持要為曹操翻案。1957 年 4 月 10 日，毛澤東在與《人民日報》負責人談話中說：「小說上說曹操是奸雄。不要相信那些演義。其實，曹操不壞。當時曹操是代表正義一方的，漢是沒落的。」1957 年 11 月初，毛澤東在莫斯科與郭沫若、胡喬木談論三國史時，突然問翻譯：「你說說，曹操和諸葛亮這兩個人誰更厲害些？」接著他又自我解答說：「諸葛亮用兵固然足智多謀，可曹操這個人也不簡單，唱戲總是把他扮成大白臉，其實冤枉。這個人很了不起。」

　　在毛澤東提出要為曹操翻案的號召下，1959 年，中國學術界展開了一場頗有影響的「替曹操恢復名譽」的討論。郭沫若、翦伯贊等人紛紛撰文為曹操恢復名譽。郭沫若還特地創作了一齣歷史劇《蔡文姬》奉上。同年的 8 月 11 日，毛澤東在廬山會議的講話中說，曹操被罵了 1000 多年，現在也恢復名譽。好的講不壞，一時可以講壞，總有一天恢復，壞的講不好。（以上文字均見自董曉彤撰《毛澤東是如何評價曹操的》一文，刊於《黨史文匯》2020 年第 11 期）

　　在這種情況下，文化部門便指示京劇界將誣曹、污曹、譏曹、貶曹的劇目一度全都禁絕。《戰宛城》自然首當其衝。一些不便禁止而帶有曹操的戲如

《群英會》、《借東風》等，則在曹操的臉譜印堂上抹上一點紅，增加美感，以示他是個大大的好人。

33.《桃花扇》

劇情：故事寫崇禎末年，「明末四公子」之一的侯方域來南京參加科考，落第未歸。寓居莫愁湖畔，經楊龍友介紹結識歌妓李香君，兩人情好日密。訂婚之日，侯方域題詩扇為信物贈香君。當時，隱居南京的阮大鋮正為復社所不容。得知侯方域手頭拮据，遂以重金置辦妝奩，託其結拜兄弟楊龍友送去，以籠絡侯方域，藉以緩和與復社的矛盾。但被李香君看破，退回妝奩，阮大鋮因此懷恨在心。

《桃花扇》劇照，著名電影明星王曉棠飾李香君，馮喆飾侯朝宗，攝於 1960 年。

李自成攻佔北京，馬士英、阮大鋮在南京擁立福王登基，擅權亂政，排擠東林復社士子。時鎮守武昌的左良玉，以「清君側」為名兵逼南京，弘光小朝廷恐慌。侯方域遂寫信勸阻，卻被阮大鋮誣陷為暗通叛軍。侯方域隻身逃往揚州，投奔史可法，參贊軍務。阮大鋮逼迫李香君嫁給漕撫田仰，李香君以死相抗，血濺詩扇。楊龍友將扇面血痕，點染成一樹桃花。阮大鋮邀馬士英在賞心亭賞雪選妓，被李香君趁機痛罵。李香君避難棲霞山，託蘇崑生將

桃花扇帶給侯方域，以表情思。此時，清廷已立，開科納士。侯方域見復明無望，乃赴試求官。及至歸省，在白雲庵尋見香君。香君見他一向敬重的侯公子已易冠失節，悲痛萬分，當場撕裂桃花扇，閉息而亡。

　　禁與解禁：一九三七年抗戰爆發後，歐陽予倩在上海編成此劇，由京劇公演。三九年，又將該劇改編成桂劇演出，反響激烈。劇本雖是根據孔尚任的傳奇改編，但抒發了此時此境地知識分子的感慨，抨擊了那些毫無抗敵之心的投降派，揭露了左右搖擺的兩面派人物。特別對軟弱動搖的知識分子敲起了警鐘。同時，對那些熱衷於內爭、暗中勾結敵人的反動派，給以了辛辣的諷刺。此劇的上演，可謂轟動朝野，一度遭到國民政府禁演。

　　解放後，中國京劇院和北方崑曲劇院均重新排演了此劇公演，好評如潮。一九六二年，中央戲劇學院實驗話劇院亦重新排演了《桃花扇》。西安電影製片廠還把它搬上了銀幕。片子的結尾，侯方域身穿清裝，拖著一條辮子，遭到注重民族氣節的李香君的唾棄。香君亦因此氣絕而逝。

　　這部影片送審時，便以「有政治問題」，而未獲通過（彼時江青在電影審查委員會工作）。文革開始後，江青給該劇扣上了一大堆駭人聽聞的政治帽子，在全國範圍內進行揭批。一九六六年七月十二日，《人民日報》在發表《電影〈桃花扇〉是號召反革命復辟的宣言書》一文，並在文前加了《編者按》稱：「電影《桃花扇》是一株反黨反社會主義的大毒草，剝開《桃花扇》的所謂歷史題材的畫皮，暴露出它宣揚反革命，號召反革命復辟的罪惡的政治目的，宣揚至死效忠於被推翻的舊王朝的反動氣節。含沙射影，惡毒咒罵共產黨和無產階級專政、狂熱歌頌東林精神，鼓吹反革命。」文中，嚴詞斥責說：「電影中李香君的形象是作者借來表現東林精神的工具。她是一條披著桃花似的大毒蛇。我們一定要攔頭打死這條毒蛇！」在這樣的號召下，全國工農兵群眾一齊上陣，寫大字報，搞大判，給《桃花扇》判處了死刑。中國京劇院精心排演的是劇，也遭到了禁演。有關演員和研究學者也都池魚遭殃，受到批鬥和迫害，不少人曾為此付出慘重的代價。

　　十一屆三中全會以後，《桃花扇》方得以恢復名譽而解禁。

34.《潘金蓮》

　　劇情：故事脫胎自施耐庵撰《水滸傳》，是一齣為潘金蓮翻案的戲。劇中寫，身為奴婢的潘金蓮不堪張大戶的凌辱，被迫嫁與又矮又刃、人稱「三寸釘、枯樹皮」的武大郎為妻。在景陽崗打死猛虎的武松前來認兄，住在武大

郎家中。潘金蓮愛其是個身強體健的偉男兒，心生戀情。表達不果，反遭武松訓斥，憤而離家。金蓮甚是懊悔。一日，樓上開窗挑簾，竹杆誤墜，打中從此經過的西門慶。在王婆從中做伐的勾引下，金蓮移情別戀，二人成奸。後被賣梨的鄆哥碰見，與武大一起捉奸，反被西門慶踢傷病倒。西門定計，毒死武大。武松歸來，識破隱情。武松為兄報仇，欲殺金蓮。金蓮當眾痛陳女人之不幸，並表明自身之所愛。武松不為所動，怒殺金蓮。全劇乃終。

《潘金蓮》劇照，歐陽予倩編劇，焦菊隱執導，人民藝術劇院演出，攝於 1957 年北京。

　　禁與解禁：此劇最先以京劇形式演出。周信芳飾武松，歐陽予倩飾潘金蓮。公演後，全國輿論震動。從內容中看，實乃離經叛道；從人性中看，似又情理可原。一時輿論大譁，褒貶爭論不休。歐陽予倩曾坦誠地說：「我編這齣戲，不過拿她犯罪的由來分析一下，意思淺顯極了，真算不了什麼藝術，並且絲毫用不著奇怪。男人家每每一步步地逼著女子犯罪，或者逼著女子墮落，到了臨了，他們非但不負責任，並且從旁邊冷嘲熱罵，以為得意，何以世人毫不為意？還有許多男子惟恐女子不墮落，惟恐女子不無恥，不然哪裏顯得男子的莊嚴？更何從得許多玩物來供他們消遣？」他認為潘金蓮本身是值得惋惜的。持貶義的評價，則觀念傾向於男權，並不是站在女性本身的角度去公正地給予評價。因此，該劇的重點是揭示社會環境給女性營造出來的不公

平的處境，借《潘金蓮》達到了「去弊」的作用，把人們一直忽視的一面呈現出來。所以，《潘金蓮》的成功之處，並不是塑造了一個反抗的新女性形象，而在於揭露了女性集體性的荒誕處境。

這齣頗具爭論的戲，在當年，京、評、梆、粵、諸劇種演出不斷，一直演到五十年代。一九六一年，北京人藝重排是劇，在北京公演。周恩來先後兩次到劇場觀看，並在後臺召開了座談會，討論如何看待《潘金蓮》這部戲中的人物形象，大家相繼發表相關意見。歐陽予倩說：「二四年寫戲的時候，我看到許多婦女受壓迫，心中很悲憤，於是，想寫一齣戲藉以揭露當時的黑暗。我是唱花旦的，這才寫了潘金蓮。我自己演這個角色，周信芳演武松。那時候演戲不像今天，連臺詞都是一邊演一邊豐富補充的。演出中，我同情潘金蓮，周信芳同情武松，就把他處理成英雄。我們各演各的戲，沒有想到主題思想的問題。現在有必要重新考慮這個戲的主題思想問題。這個戲究竟要說明什麼？影響觀眾的又是什麼？」

周總理說：「歐陽老說到當時寫這個戲和演這個戲的思想活動，我是完全理解那種心情的。可是這個戲今天重新上演，就要考慮到對一些青年人的影響問題。潘金蓮不是一個反封建的典型。張大戶壓迫潘金蓮，她反抗是好的，值得同情。可是，後來她變了，她殺了人，而這個人又是勞動人民，是一個老實的農民。潘金蓮和西門慶的私通行為是走向墮落，這種行為就沒有辦法讓我們同情了。如果潘金蓮為了求解放，出走了，或者自殺了，當然會使人同情。勞動人民總是把同情放在被壓迫婦女方面。我想，祝英臺、白娘子這些人物，都沒有殺人，沒有墮落；茶花女也沒有因為求得個人解放而危害別人；陳白露也沒有殺人嘛，她救了『小東西』，最後自己犧牲了，所以我們同情她。」

大家紛紛點頭贊同。周總理繼續說：「歐陽老是共產黨員，所以我們對他的作品就要求得嚴格一些。儘管《潘金蓮》是大革命時期寫出來的作品，我們必須用今天的眼光重新認識一下。為了貫徹好『百花齊放，百家爭鳴』的方針，要使每一朵花開放得更好，就必須對於存在著的矛盾予以解決。」就是這樣，一個問題嚴肅的、帶有原則性的戲劇創作座談會，在推心置腹、親切溫暖的氣氛當中，很有收穫地結束了。會議結束後，北京人藝決定停演《潘金蓮》（見《北京日報》文《周恩來與北京人藝》）。

35.《忠王李秀成》

劇情：《忠王李秀成》與《李秀成之死》這兩齣話劇內容相近，寫李秀成的幼年生活十分艱難。參加起義之後，因作戰勇猛，履立戰功，成長為一位驍勇善身的名將領，官封忠王，號稱榮千歲。天京事變後，太平天國元氣大挫。李秀成仍能帶領太平軍獲取二破江北大營、三河大捷等諸多戰役的勝利。公元一八六四年，湘軍攻破天京。李秀成率領將士，護衛幼天干突圍。然與大隊人馬走散被俘。曾國荃派蕭孚泗令林福祥勸降，林素慕李秀成高尚情操，拒絕接受任務。被俘的太平軍戰士也寧死不屈高唱戰歌，集體自焚。李秀成怒斥漢奸賣國賊，英勇就義。

《忠王李秀成》劇照，歐陽予倩編劇的五幕歷史劇之一，1942 年於武漢首演。

禁與解禁：此二劇分別係歐陽予倩和陽翰笙先生，在抗日期間創作的兩齣話劇。劇中以謳歌李秀成對太平天國忠勇無二的精神，藉以激勵全國人民禦敵抗戰的革命士氣。同時，揭露了國民黨官僚、軍閥不顧民族危亡、人民疾苦，大發國難財的醜惡行徑。公演後，好評如潮。粵劇名宿馬師曾、越劇皇后尹桂芳、京劇名伶李萬春等均競排是劇。而且，成了他們的保留劇目。一直演到五十年代以後，影響很大。田漢曾賦詩以誌其盛：

壯絕神州戲劇兵，浩歌聲裏請長纓。

恥隨豎子論肥瘦，爭與吾民共死生。

肝腦幾人塗戰野，旌旗同日會古城。

雞啼直似鵑啼苦，只為東方未易明。

一九六二年，香港三聯出版社出版了司馬璐寫的《瞿秋白傳》，書後附錄了瞿秋白《多餘的話》的全文。據此，一九六三年，戚本禹寫了《評李秀成自述》一文，發表在《歷史研究》第四期。斥責李秀成是革命的叛徒。戚文刊出後，學術界和文藝界反映強烈，意見反映到國務院。在周恩來過問下，中共中央宣傳部約集二十多位歷史學家開會討論，大家認為戚文在事實上站不住腳，理論上是錯誤的，政治上是有害的。但是，毛澤東也看了瞿秋白的《多餘的話》和戚本禹的文章，正中下懷。彼時他正想要解決「黨內叛徒問題」，當即做出政治判斷。認為「白紙黑字，鐵證如山，忠王不忠，不足為訓」！六四年，戚本禹本著毛澤東的批示，又寫了《怎樣對待李秀成的投降變節行為？》一文，明確提出叛徒問題，從李秀成、汪精衛到彭德懷，從伯恩斯坦、考茨基到赫魯曉夫，大批特批，其勢洶洶，在全國引起更大震動。於是，中央定性瞿秋白為叛徒，並且把他的墳墓給平了。《忠王李秀成》與《李秀成之死》及其有關《太平天國》的戲，也就相繼禁演了。

打倒「四人幫」之後，一九八零年十月十九日，中共中央辦公廳轉發中央紀律檢查委員會《關於瞿秋白同志被捕問題的覆查報告》指出：瞿秋白同志被國民黨逮捕後，堅持了黨的立場，保持了革命節操，顯示了視死如歸、從容就義的英勇氣概。文革中把瞿秋白同志誣衊為「叛徒」，是完全錯誤的，應當為他徹底平反，恢復名譽。於是，《忠王李秀成》與《李秀成之死》二劇也就得以平反解禁了。

36.《茶館》

劇情：《茶館》是齣三幕話劇。以老北京裕泰大茶館的興衰變遷為背景，展示了從清末到北洋軍閥時期，再到抗戰勝利以後的近五十年間，北京的社會風貌和各階層的不同人物的生活變遷。每一幕寫一個時代，北京各階層的三教九流人物，出入於這家大茶館，全劇展示出來的是一幅幅氣勢龐大的歷史畫卷，形象地說明了舊中國的必然滅亡和新中國誕生的必然性。

第一幕：戊戌變法失敗時，裕泰茶館開業。三三兩兩的旗人，遛夠了鳥兒，走進茶館來歇腿、喝茶。有的茶客唱著京戲，有的圍著桌子看蟋蟀。茶館中到處貼著「莫談國事」的紙條。可是，常四爺偏要談談國事。他恨洋人，恨那些吃洋飯、講洋話的人，也看不起在營裏當差的二德子之流。他因為說了一句「大清國要完」，便被特務抓去，送進監獄。相面騙人的唐鐵嘴來討碗茶

喝，說媒拉纖的劉麻子要把康六的女兒，賣給七十多歲的龐太監當老婆。主張實業救國的秦仲義也走進來，說什麼要辦工廠，搞維新……

第二幕：民國初年軍閥混戰，裕泰茶館漸趨衰落，茶館主人王利發迎合潮流實行改良，仍然難以維持。小茶館展現出一幅兵荒馬亂、日益衰敗的景象。常四爺出獄，康順子母子逃出宮外，拉皮條的劉麻子被稀裏糊塗砍了頭，兩個逃兵想合娶一個老婆……。茶館生意清淡，面積縮小，特務、巡警、兵痞就接二連三來敲詐勒索。

第三幕：抗戰勝利，特務和美國兵在北京橫行。裕泰茶館更加破敗，「莫談國事」的紙條寫得更大。康媽媽想去西山找康大力，當女招待的小丁寶，也走進茶館與老掌櫃攀談。小劉麻子向小唐鐵嘴炫耀著他那一套拐騙婦女的缺德計劃，打手小二德子跑到茶館來抓人，龐四奶奶的侄子要在西山「登基」。包辦滿漢全席的有名廚被迫到監獄去蒸窩窩頭，出名的評書藝人一次掙不上三個雜合麵餅子，常四爺的生活更加艱苦，秦仲義的工廠被搶走，王利發的茶館也將被人霸佔。這時，常四爺、秦仲義相繼來到茶館，找闊別多年的老掌櫃談心。他們互訴不幸，含著眼淚為自己撒起了紙錢……。

《茶館》劇照，老舍編劇，焦菊隱導演，人民藝術劇院演出，攝於 1956 年。

禁與解禁：《茶館》是老舍在五十年代的精心之作的話劇。由焦菊隱執導，人民藝術劇院於一九五六年三月二十九日正式公演，頓時轟動京城。但

隨之厄運也已到來。《讀書》雜誌刊登署名文章：《評老舍的茶館》。文章認為「全劇缺乏階級觀點，有濃厚的階級調和色彩。究竟有多大的現實教育意義？！」七月十日，文化部領導到北京人藝召開黨組擴大會，討論「劇院藝術創作的傾向問題」。不但批評人藝的領導「不是政治掛帥，而是專家掛帥」，還責問《茶館》的第一幕「為什麼要搞得那麼紅紅火火？第二幕逮學生為什麼不讓群眾多一些並展示出反抗力量？」接著《人民日報》發文，批評《茶館》懷舊情緒濃重，影射今不如昔。於是，劇院宣布停演。此劇一禁就是五年。

一九六三年，為了配合當時「調整、鞏固、充實、提高」的新政，文藝開始放鬆。老舍給《茶館》「添加一條紅線」，把學生鬧革命的情節寫了進去。經上級批准，是年四月七日再次公演！當時的報紙不給宣傳，只能悄悄上演。但在極「左」的氛圍下，還是有人提出該劇與時政不符。五十場後，再次停演。因為劇中的臺詞有點兒反動。例如王利發說：「改良啊！改良！越改越涼！」常四爺說：「老朋友，一個個的不是餓死就是叫人家殺了。我呀，就是有眼淚，也哭不出來嘍！……我愛咱們的國呀！可誰愛我呀？」秦仲義說：「工廠被沒收了。可你們要好好的幹哪！怎麼給糟蹋成這樣了？」每演至此，臺下掌聲如雷。後來，報紙對《茶館》的批判中指出：「《茶館》反動，反動中之反動莫過於叫「三個老頭撒紙錢」。焦菊隱竟然強調這段戲一定要送到觀眾的耳朵裏，更是反動透頂」。

文革開始之前，北京人藝黨委會傳達市委對焦菊隱的處理意見：「決定撤銷焦菊隱的副院長職務，並對他進行公開批判。」一九七五年二月二十八日，身心備受折磨的焦菊隱，因患肺癌得不到及時和應有的治療，在協和醫院辭世，終年六十九歲。

37.《趙氏孤兒》

劇情：春秋時代，晉景公荒淫無道，殘害臣民。奸臣屠岸賈助紂為虐，對宰相趙盾恨之入骨。他在景公面前誣陷趙盾有弒君之罪。景公就把趙氏一族全部殺死。趙盾之子趙朔的妻子因係公主身份，幸免於死。她在王宮生下遺腹子。屠岸賈聽說後，想斬草除根。在這危難之時，趙氏的兩個門客公孫杵臼和程嬰決心救孤。二人定計，程嬰捨去自己親生之子，由公孫杵臼抱去藏起來，程嬰去向屠岸賈「告密」。屠岸賈領兵抓到公孫杵臼和孤兒，當即處死。程嬰假冒醫師入宮，盜出趙氏嬰兒，謊稱自己親生，被屠岸賈認為義

子，養在府中，取名趙武。十五年後，忠臣大將魏絳還朝，為趙氏一族不平，鞭責程嬰。程嬰方道破真情，遂與趙武一起殊殺了屠岸賈，為趙氏一家報仇雪恨。

《趙氏孤兒》劇照，著名京劇表演藝術家馬連良飾程嬰，攝於 1959 年。

禁與解禁：此劇由王雁改編，北京京劇院的「四大頭牌」馬連良、譚富英、裘盛戎、張君秋領銜主演，分別飾演程嬰、趙盾、魏絳、莊姬公主。陣容一流，音樂唱腔，處處精彩。是建國以來京劇史中藝術品味極高的一大巨製。一九五九年正式公演之後，人人稱讚、個個喝彩。

正如一位作家而言：「該劇的劇情雖然離我們遙遠，但隱含了政治的血腥、殘忍和歷史的滄桑，折射出封建社會的黑暗、殘酷和專制，視人命如草芥的罪惡」。

是劇，為吉林電影製片廠看重，決定將其拍成一部彩色戲劇電影。北京京劇院全部人馬開赴東北，正要開拍之際，忽然接到上級命令，停止開拍《趙氏孤兒》，因為內容有政治問題。全團上下如墜五里雲霧，但又無處問津，無處申辯。於是，急中生智，改拍了依然「四大頭牌」掛帥的京劇《秦香蓮》。回京之後，人們才看到《北京日報》、《光明日報》已有了批判程嬰「愚忠」、甘為封建主義的「奴下奴」和「孝子賢孫」等罪行的文章。北京京劇院只得停演此劇。後來才陸續傳出，停拍《趙氏孤兒》是江青下的旨意。

38.《關漢卿》

劇情：元世祖至元十八年，元大都的鬧市中許多人擁擠著看行刑的行列。騾車上押著一名女犯人，車後緊跟著一個老婦叫屈喊冤。太醫院的名醫、劇作家關漢卿從酒店女掌櫃的口中，瞭解到女犯朱小蘭冤案的情況，憤然要寫一齣為朱小蘭鳴冤的戲，藉以針砭時事，為民申冤。關漢卿將他的想法說與行院名伶朱簾秀，得到了她的支持。二人商定，由關漢卿撰寫雜劇《竇娥冤》，朱簾秀主演竇娥。關漢卿在書齋伏案狂草，一揮而就。文友葉和甫勸阻關漢卿，莫寫《竇娥冤》，免得招來大禍。秉性剛烈的關漢卿不聽，朱簾秀的演出非常成功。負責文事的中書省左丞郝禎來到後臺，要求關漢卿改寫再演，並威脅說：「如果不改，要你們的腦袋！」。關漢卿認定，寧可不演，斷然不改！朱簾秀勸關漢卿離開大都，甘願自己承責。關漢卿則斬釘截鐵地說：「死，就死在一起！」翌日，阿合馬陪大司徒和禮霍孫看戲。朱簾秀完全照原詞演出，沒有任何改動，阿合馬大怒，下令停演。並將關漢卿和朱簾秀押解入獄。獄中，二人堅貞不屈，再次重逢。關漢卿寫成曲子《蝶雙飛》，朱簾秀半誦半唱，表達了他們堅強的意志和愛情的忠貞。後來，由於政事變化，和里霍孫改判關漢卿斬罪為驅逐出境。眾人送別，朱簾秀脫去樂籍，隨關漢卿南下出境。蘆溝橋上，二人並轡徐行，與送行的人揚手惜別。

《關漢卿》劇照，著名粵劇表演藝術家馬師曾飾關漢卿、紅線女飾朱簾秀，攝於 1956 年。

禁與解禁：《關漢卿》是偉大的現代劇作家田漢先生的一部力作。一九五六年，先是為粵劇而寫，由馬師曾、紅線女演出，成為當時引起轟動的經典劇目。同年由羊城電影製片廠拍成彩色電影，在全國放映。年底，劇組受命進京獻演，毛澤東、周恩來等中央領導人看後，不知是何緣故，該劇便絕跡於舞臺。一九五八年，田漢將該劇改寫為話劇本，刊於同年第五期的《劇本》之上，由北京人藝排成話劇再度公演。全劇體現了田漢先生作品的一貫特色：熾熱的詩情，執著的正義感和震撼人心的道德力量。

此時便有「明眼人」看出它是一部借古喻今、抨擊時事與文化禁錮的戲。也是田漢老以「戲言志」一齣傑作。郭沫若第一次看過此劇時，便至函田漢，委宛地指出：「此戲可為君之自壽矣！」（見郭沫若為《竇娥冤》單行本寫的《前言》）。不想一語成讖，這齣戲為田漢之死埋下了禍根。

田漢在劇中《蝶雙飛》中直抒胸臆，寫道：

將碧血、寫忠烈！作厲鬼，除逆賊！

這血兒啊——，化作黃河洋子浪千疊，嘗與英雄共魂魄！

強似寫佳人繡戶描花葉，學士錦袍趨殿闕，浪子朱窗弄明月。

雖留得綺詞麗句滿江湖，敢比那傲幹奇枝鬥霜雪！

想我漢卿啊！讀詩書破萬卷，寫雜劇，成千百，

這些年風雲改變山河色，朱簾捲處人愁絕！……

這些詩句分明在舒發自己所追求理想的破滅，和對當前文藝政策之不滿！庸庸者未解其音，權謀者能辯弦外！

毛澤東終於發怒了！一九六三年十一月，毛澤東對《戲劇報》和文化部提出了尖銳批評，他說：「一個時期《戲劇報》盡宣傳牛鬼蛇神。文化部不管文化，封建的、帝王將相的、才子佳人的東西很多，文化部不管。要好好檢查一下，認真改正。如不改變，就改名帝王將相部、才子佳人部，或外國死人部。」十二月十二日，毛澤東再次指出：「各種藝術形式——戲劇、曲藝、音樂、美術、舞蹈、電影、詩和文學等等，問題不少，人數很多，社會主義改造在許多部門中，至今收效甚微。許多部門至今還是死人統治著。至於戲劇等部門，問題就更大了。社會經濟基礎已經改變了，為這個經濟基礎服務的上層建築之一的藝術部門，至今還是大問題。這需要從調查研究著手，認真地抓起來。」

文化革命爆起之初，田漢被捕入獄。在秦城雙臂反銬，受盡折磨，含恨

而亡。一九七八年年底，以黨的十一屆三中全會召開為重要標誌，開啟了全面糾正「文化大革命」錯誤，開始平反「冤、假、錯」案的新局面，田漢平反昭雪，追悼大會的召開，在全國文化藝術界引起巨大反響。

39.《謝瑤環》

劇情：謝瑤環是唐代江南士人之女，十四歲入宮，武則天稱帝時任尚儀院司籍女官。朝廷得報，蘇州農民在太湖一帶謀亂。武三思與來俊臣極力主剿，謝瑤環認為此係豪強兼併土地所致，力主安撫。武則天雖未置可否，確認為謝瑤環見識勝於男子，即命謝瑤環改名謝仲舉，巡按江南，授命「凡侵奪民田魚肉百姓者，勳戚貴冑一不寬貸。」

《謝瑤環》劇照，田漢改編，中國京劇院演出，著名京劇表演藝術家杜近芳飾謝瑤環，攝於 1963 年。

謝瑤環到蘇州便服私訪。適有袁行健閒遊伍員廟，見到豪強武宏強搶民女。行健不平，擊散豪奴，與武宏等訴諸公堂。行健舉發武宏強佔農民永業田，私徵銅鐵稅款諸罪。武宏仗恃父勢咆哮公堂，瑤環盛怒，杖責武宏。一時人心稱快，但以此結怨。武三思、來俊臣合詞誣瑤環通敵謀反。俊臣並慫恿武三思

曲解武則天口論，聯闢南下，加害謝瑤環。謝瑤環囑行健前往太湖，勸慰農民回鄉。謝瑤環被武三思、來俊臣拘審，嚴刑致死。則天聞知，極為痛心。命徐有功嚴查此案，誅來俊臣，貶武三思，追贈瑤環定國侯，禮葬吳江東岸。

禁與解禁：《謝瑤環》一劇，是一九六一年，田漢根據陝西碗碗腔《女巡按，改寫而成。經中國京劇院排演，大獲成功。然不久便被禁演。一九六六年一月，署名雲松的人在期刊《劇本》上，點名批判《謝瑤環》是株大毒草。《人民日報》和《光明日報》隨即轉載。此後，批判田漢及《謝瑤環》的浪潮席捲全國。五月二十四，戚本禹在《人民日報》上說：「特別是一九五九年至一九六二年經濟困難時期，一小撮反革命修正主義分子在黨內最大的一小撮走資本主義道路當權派的支持下，乘機拋出《海瑞罷官》、《謝瑤環》、《李慧娘》等等一大批毒草，含沙射影地辱罵和攻擊我們偉大的黨，為盧山會議罷了官的右傾機會主義分子彭德懷等人翻案，企圖煽動別人起來同他們一道進行反革命復辟活動。」田漢「徹頭徹尾反黨反社會主義反人民」的彌天大罪，就此敲定。「文革」一開始，田漢成為反革命、反黨分子，首當其衝遭到批判和監禁。一九六八年十二月十日，田漢去世。這位新中國戲劇改進局局長，一代詩人和戲劇家在經歷了「革命的急風驟雨中暗暗的死去」。直到一九七九年，田漢冤案得到平反昭雪。《謝瑤環》一劇才重見天日。

40.《李慧娘》

劇情：《李慧娘》，亦名《紅梅閣》。劇情見前文《紅梅閣》所述。

禁與解禁：此劇是一九六零年，孟超根據明周朝俊《紅梅記》傳奇改編的一齣崑曲。六一年八月二十二日，由北方崑曲劇院正式推出，十分轟動。不少名人在報紙上著文讚揚、推介，評價極高。同年八月三十一日，《北京晚報》發表廖沫沙褒揚此劇的文章，並提出了《有鬼無害論》。但是，好景不長，此劇被調到中南海演出之後，形勢頓時逆轉。

一九六三年三月十六日，中共中央將《批轉文化部黨組「關於停演『鬼戲』的請示報告」》下發到全國文化部門。文件嚴厲地指出：「近幾年來，『鬼戲』的演出漸漸增加，有些在解放後經過改革去掉了鬼魂形象的劇目（如《遊西湖》等），又恢復了本來的面貌；甚至有嚴重思想毒素和舞臺形象恐怖的『鬼戲』，如《黃氏女遊陰》等，也重新搬上舞臺。更為嚴重的是新編的劇本（如《李慧娘》）亦大肆渲染鬼魂，而評論界又大加讚美，並且提出『有鬼無害論』，來為演出鬼戲辯護」。「事實證明『鬼戲』的演出，加深了人們的迷信觀

念，助長了迷信活動，戕害了少年兒童的心靈，妨礙了群眾社會主義覺悟的提高。而反革命分子和反動會道門也就利用群眾的迷信進行活動。因之，必須停演「鬼戲」。文件還要求：「各省、市、自治區文化行政部門應當把到現在仍在本地區上演的各種『鬼戲』開列清單，並提出或者停演或是修改後再上演的意見，報請省、市、自治區黨委審查批准後執行。」

《李慧娘》劇照，山西晉劇院恢復演出的《李慧娘·放裴》，攝於 2010 年北京。

時任《光明日報》社黨組書記、副總編輯的穆欣在《辦光明日報十年自述》寫道：康生把《李慧娘》作為「壞戲」的典型，號召大家批判。他既批孟超，又批廖沫沙，說他們是「用厲鬼來推翻無產階級專政」，是階級鬥爭。他質問：「為什麼會出現了牛鬼蛇神，出現了《李慧娘》這樣的鬼戲？李慧娘這個鬼是代表了死亡了的階級來報仇的，向誰報仇呢？就是向共產黨報仇！」一九六四年一月三日，身為國家主席的劉少奇，召集中宣部和文藝界三十餘人舉行座談會，他說：「我看過《李慧娘》這個戲的劇本，他是寫鬼，要鼓勵今天的人來反對賈似道這樣的人。賈似道是誰呢？就是共產黨。《李慧娘》是有反黨動機的，不只是一個演鬼戲的問題」。從此，戲劇戰線上階級鬥爭的弦越拉越緊，批判、禁演「鬼戲」，為史無前例的文化大革命拉開了「戰鬥」的序幕。

以前的禁戲，多是停演、不演。也就算了。而進入了二十世紀六十年代，在階級鬥爭的高壓之下，凡編過、導過、演過「有問題的戲」的人，都難逃「滅頂之災」。「文革」期間，《李慧娘》一劇的編劇，人民文學出版社副總編輯孟超被定為「叛徒」，沉冤難雪，含恨而逝；原排導演白雲生被批判，抑鬱而終；《李慧娘》一劇的主演李淑君進了瘋人院。飾裴生的叢兆桓，被江青親自下令以「反革命分子」的罪名關進監獄，長達八年之久。

41.《興唐鑒》

劇情：此戲係田漢先生敦請胡治藩先生進行創作的一齣新編歷史劇。成稿於一九六三年，以上海著名演員金素雯署名發表。同年，由上海京劇院周信芳、金素雯領銜主演進行排練。排練未終，即遭到文化部明令禁演，並進行內部批判。戲的內容，大祗寫貞觀九年，魏徵上書各府官員奢靡之風漸盛，不法擾民之事日增。大臣屢進美女，邀寵媚君。魏徵借廷筵之機，不顧自身安危，直陳時弊，並引「隋亡於奢」的教訓，勸誡李世民要以人為本，釋放後宮宮女還家，使皇室做出戒奢以儉的表率。但在佞臣的煽惑下，李世民對魏徵大發雷霆。事後，經長孫皇后良言啟發，李世民深感後悔，乃連夜親赴魏府。君臣相見，兩心相印。李世民常即命魏徵擬詔，遣釋後宮三千宮女，讓她們歸田農桑，與親人團聚。此舉贏得萬民擁戴，賢臣明君，直諫納諫，演繹了一段共鑄盛世的千古佳話。

禁與解禁：劇作者胡治藩先生是滬上知名人士，其父胡濟生是上海民營浙江實業銀行的大股東。胡治藩十九歲子承父業，在銀行工作。他文才出眾，學貫中西，醉心詩文戲曲。二十年代活躍於上海文化界，既是京劇票友，又

是撰寫劇評、小說和京劇劇本的名家。三十年代後期，胡治藩出任大光明、國泰、美琪等多家電影院副董事長。抗戰期間曾為周信芳撰寫《欽徽二帝》《文天祥》等愛國戲劇，享譽一時。

《興唐鑒》的出爐，召至中央盛怒。認為是「反動文人陰魂不散、其心不死，借古諷今，用惡毒的語言攻擊毛主席，妄圖恢復失去的天堂，復辟資本主義！」在進行批判時，特別強調胡治藩是借古人之口，為彭德懷張目。因為彭德懷曾多次批判毛澤東「後宮三千，在中南海大搞舞會，夜夜笙歌。要求解散中南海文工團！」在姚文元之父姚蓬子的煽動下，上海工商聯和政協在大光明電影院批鬥胡治藩，不僅拳打腳踢，還把他倒弔在大光明影院的欄杆上痛歐。奈何「士可殺而不可辱」，六六年七月三日夜，胡治藩與金素雯夫婦「以命抗爭」，雙雙垂環而死。

一九九九年，戴英祿和梁波根據原創《興唐鑒》，重新進行了整理改編，寫成《貞觀盛事》一劇。由上海京劇院隆重推出後，榮獲文華大獎。應視為《興唐鑒》的開禁。

42. 禁演全部古裝戲

繼中宣部被毛澤東批為「閻王殿」，文化部被批為「才子佳人部」之後，一九六四年，二部被軍管，進行全面整肅。領導被批鬥、撤職，有的還進了監獄。工作進入全面癱瘓狀態。在造反派的喝令之下，全國全面禁演古裝戲。市、區、縣級及部分省級劇團全部解散。從業人員亦全部下放轉業，去接受工農再教育。

第五章　文化大革命期間的禁戲
（1965～1976）

1.《海瑞罷官》

劇情：故事寫，明代閣老徐階的兒子徐瑛恃強凌弱，稱霸鄉里，搶佔民田，打死平民趙玉山之子，又在清明節搶走他的孫女小蘭。小蘭母洪氏赴衙控告，縣令王明友貪圖徐瑛的賄賂，將趙玉山當堂杖斃，斥逐洪氏結案。此時，恰值海瑞調任應天巡撫，途中得知冤情，到任後即行複審。當堂揭穿了徐富的偽證，懲處貪官，判處首惡徐瑛死罪。徐階自恃對海瑞有恩，親往撫衙代子求情，欲交田贖罪。海瑞指明占田應退，犯法當誅。徐階盛怒而退，唆使朝臣彈劾海瑞。新任巡撫戴鳳翔親來摘印。海瑞不為所動，於交印之前，先行斬首了徐瑛和罪官王明有，民心大快。劇中的海瑞做了三件事：一是治水救災，為民造福；二是退田還民，維持百姓生計；三是除暴安良，平反冤案。無疑也是一齣含意很深的政治戲。劇中的海瑞唱道：「江南大害是鄉官，強佔民田稼穡難，冤獄重重要平反，退田才能使民安。」

禁與解禁：此戲是在五九年的一次全國政協會議上，馬連良請吳晗為他寫一齣海瑞戲，吳晗慨然應諾。他根據《明史・海瑞本傳》、李卓吾《海瑞傳》和談遷《棗林雜俎》的記載，創作了新編歷史劇《海瑞罷官》。馬連良在這個劇本的基礎上作了一些修改，次年夏天投入彩排。王雁擔任導演，馬連良飾演海瑞，裘盛戎飾徐階，李多奎飾海瑞母親，李毓芳飾海夫人。陣容十分強大。六零年年底，《海瑞罷官》在北京民族文化宮禮堂正式公演。戲中的海瑞已經五十四歲，年歲相仿的馬連良在表演中突出他的穩練沉著，又加進了從

容不迫、豪邁果敢的特徵，注意刻畫海瑞複雜的思想活動。演出非常成功，好評如潮。該劇與周信芳的《海瑞上疏》一南一北、相映生輝，有著異曲同工之妙。這兩個海瑞成為當時京劇舞臺上最具光彩的形象。據《人民政協報》披露，毛澤東看了戲後，還特意在中南海家中，宴請馬連良吃飯。席間誇獎馬連良說：「你演得真好。」

《海瑞罷官》劇照，著名京劇表演藝術家馬連良飾海瑞，攝於 1960 年。

奈何政治風雲變幻、詭譎無情。一九六五年十二月二十一日，毛澤東在杭州的一次會議上指出：「《海瑞罷官》的要害是『罷官』。嘉靖皇帝罷了海瑞的官，五九年我們罷了彭德懷的官。彭德懷也是海瑞。」接著，姚文元的《評新編歷史劇〈海瑞罷官〉》在上海《文匯報》發表，文章指出《海瑞罷官》「不是芬芳的香花而是一株毒草」。文章指責吳晗塑造了一個「假海瑞」，目的是

宣揚「地主資產階級國家觀」、「階級調和論」、「美化作為地主階級專政工具的清官和法律」。劇中寫了「退田」，就是「要人民公社向地主退田，就是搞復辟，刮單幹風」；劇中寫的「平冤獄」，就是「要為地主、資產階級翻案」；歌頌海瑞剛直不阿，就是「反對黨的領導和無產階級專政」。從此，京劇《海瑞罷官》遭到全面的聲討。凡和此劇有牽連的人士，均難逃厄運。

首當其衝的是毛的秘書田家英，因為他反對這一論斷，23 日晚在毛主席藏書室永福堂中自縊而死。作者吳晗天天挨鬥，又被關進監獄，遭受百般摧殘。他的夫人袁震也被送去「勞改」，二人先後悲慘死去。女兒小彥精神失常，也被抓入獄，於一九七六年含冤死去。主演馬連良被多次抄家批鬥，受盡折磨，於六六年十二月含冤致死。導演王雁，經過十年的批鬥，死裏逃生，僥倖活了下來，落得一身病痛。直到 1979 年下半年才被平反。其他沾邊的人士，處境也很不妙。曾經為這齣戲說過公道話，或寫過評論文章的史學界、教育界、文藝界、評論界、出版界的一大批人士，在「文革」期間，也都在劫難逃。

曾為吳晗鳴不平的歷史學家翦伯贊夫婦，雙雙服毒自盡。想把批判《海瑞罷官》引向學術爭論的鄧拓，被誣衊為「三家村黑店」首腦，逼得含冤自殺。北京市委常委、宣傳部部長李琪，受《海瑞罷官》株連，也被迫害致死。北京出版社因為出版了《海瑞罷官》、《燕山夜話》和廖沫沙的《分陰集》，被誣衊為黑店被砸，領導打成反革命，全體員工下放勞動。這一震撼全國、驚動世界的大冤案，株連之廣，至今回憶起來，都令人感到驚心動魄，刻骨銘心。

直到一九七九年三月二日，經中共中央批准，中共北京市委才為吳晗的冤案平反昭雪。且將《海瑞罷官》、《海瑞上疏》重新排演，搬上舞臺，但是，為之罹難的吳晗、周信芳與馬連良諸君，早已不在人世了。

2.《海瑞上疏》

劇情：明世宗時，海瑞任戶部主事，他目睹了世宗（朱厚熜）皇帝妄求長生，寵信方士。二十年不理朝政，以致綱紀日壞，民不聊生，心中甚是憂憤。一日外出，恰遇方士與戶部借拆民房，建築仙壇，從中貪墨搬遷費用。於是，予以揭穿，逼迫方士吐出贓款。海瑞往謁首相徐階，勸其不要盡寫青詞賀表，粉飾太平。應該諫奏皇帝之過，令其悔過自新。徐階明哲保身，不敢認同。海瑞決心自草奏疏，冒死諫君。海瑞之妻恐怕海瑞自蹈不測，勸之不聽，

乘其假寐，焚毀疏本。海瑞遂夜投至友何以尚家中，再草疏本。何以尚攔阻不住，為海瑞正氣所感動，聽其抬棺入朝。是日，世宗正在道冠鶴服、升壇禱天之際，海瑞以「直言天下第一事」的奏本，替代青詞賀表呈上。世宗閱至「嘉靖嘉靖，家家戶戶乾乾淨淨」之時，勃然大怒，疑有主使，召見詢問。海瑞在金殿直數其過，世宗怒極，將海瑞下獄，處以極刑。何以尚進前保奏，亦受廷杖。不久，世宗暴卒，新帝即位。海瑞聞之大慟，徐階從中斡旋，特赦海瑞出監。

《海瑞上疏》劇照，著名京劇表演藝術家周信芳飾海瑞，首演於 1959 年。

　　禁與解禁：海瑞，字汝賢，自號剛峰，海南瓊山人。嘉靖二十八年以《治黎策》中舉。後歷任浙江淳安縣知縣，戶部雲南司主事。世宗皇帝迷信道教，講究長生之術，不理朝綱，海瑞以死上疏，條奏《直言天下第一事疏》，觸怒皇帝，罷官入獄。劇中的故事出自《明史》。一九五九年八月，由周信芳與胡治藩、許思言一起創作而成。經過一個多月的緊張排練，於建國十週年前夕的九月三十日，在上海市慶祝建國十週年展覽演出中，把《海瑞上疏》搬上了天蟾大舞臺。年逾花甲的周信芳以其獨特的「麒派」風采和魅力，傾倒了在場的觀眾，引起巨大轟動。周信芳飾演的海瑞，以極其繁重的唱、念、做功，刻畫出海瑞剛正不阿，敢於冒死犯上的耿直性格。同時，也無情地鞭笞了封建帝王的昏庸殘暴，揭露了臣僚只圖苟安自保，不講實話的醜惡嘴臉。他在劇中唱道：

　　　　海剛峰不怕死直言諫奏，並非是血氣剛逆水行舟。
　　　　都只為大明朝日漸腐朽，這道本振聾醒瞶棒喝當頭！
　　　　且展開霹靂手風急雨驟，嘉靖爺坐龍樓數十秋，
　　　　倒行逆施田賦征徭萬民愁。
　　　　官貪吏橫似猛獸，聽信妖言妄想長生苦追求。
　　　　他將那君臣父子禮義丟，我一事不漏一句不留。

　　臣海瑞謹奏，為在「金殿」一場戲中，他以鏗鏘頓挫的激越之情，言此上疏「以正君道，以明臣職，求萬世治安事。方今天下，官貪吏橫，賦役繁增，內災外侮，民不聊生，百姓人人痛恨，個個叫罵、他們不滿陛下久矣！」最後，借原疏詞句罵道：「嘉靖，嘉靖，家家戶戶，乾乾淨淨！」

　　這些犀利的政治語言，勾起了人們對「公私合營」、「全民煉鋼」、「人民公社」和「三年大災」的沉思。據說，在臺下聽戲的毛主席當即退場。這齣戲給社會和他本人帶來巨大的不幸，埋下了深深的陰影。張春橋曾悻悻地說：「周信芳要不是反革命，那我們就都是反革命！」（見一九七四年張春橋對周信芳政治定性的《批示》）。

　　海瑞是個政治人物，這齣戲也是齣政治戲。看戲人的身份地位和看戲的角度不同，咀嚼的餘味也各不相同，下的斷語自然更不相同。一九六五年十一月十日，姚文元的《評新編歷史劇〈海瑞罷官〉》文章，在上海《文匯報》發表。接著，《解放日報》先後拋出丁學雷的《〈海瑞上疏〉為誰效勞？》和方澤生的《〈海瑞上疏〉必須繼續批判》兩篇文章，點名批判周信芳，說海瑞抬

了棺材上臺，是對無產階級專政的詛咒和示威。《海瑞上疏》就是配合右傾機會主義分子向黨向社會主義瘋狂進攻。文章把一九五八年盧山會議上，彭德懷上「萬言書」一事聯繫在一起。演出此戲就是「借屍還魂」，替彭德懷翻案！就是要「向社會主義反攻倒算！」一場批判《海瑞罷官》的運動隨之而起，文化大革命隨之爆發。

3.《孫安動本》

劇情：《孫安動本》又名《徐龍打朝》。故事寫明萬曆時，太師張從獨攬朝政，吞沒賑糧，草菅人命，曹州知府孫安參奏一本，被張從扣下，反保舉孫安進京任職。孫安進京途中遇民婦投河，其身揣十八張控告張從的訴狀。進京後，又在岳父黃義德家中得知，父親孫存因彈劾張從未遂而遭殘害。於是三上金殿，輿櫬諫君。無奈幼主偏信張從讒言，不但駁回本章，並將孫安判斬。黃義德及三朝元老沈理保本不准，求助于定國公徐龍；徐龍持黑虎銅錘上殿，義正詞嚴，幼主終將孫安赦免。

《孫安動本》劇照，趙劍秋改編，中國京劇院演出，著名京劇表演藝術家李和曾飾孫安，攝於 1959 年。

禁與解禁：《孫安動本》又名《徐龍打朝》。係柳子戲傳統劇目。1959 年趙劍秋主持改編，范季高、楊漢卿、尚之四、紀根垠參與改編。11 月進京演出，受到各界好評。1962 年，上海海燕製片廠將之拍成電影在全國放映。中國京劇院也將之改編為京劇，由李和曾、江新蓉主演。

1966 年 4 月 13 日，《大眾日報》發表署名魯理文的《駁「清官」論》的

文章。文章開頭就充滿火藥味，稱：「『清官』論，是吳晗同志用來反對馬克思列寧主義、毛澤東思想，反對社會主義的一枝毒箭。他通過美化封建統治階級的所謂『清官』，來宣傳階級調和。通過頌揚海瑞的『罷官』，來為右傾機會主義分子唱輓歌。通過宣揚『平冤獄』和『退田』，來鼓動各種各樣的牛鬼蛇神向社會主義制度進攻。無疑《孫安動本》也是向黨猖狂進攻的又一枝毒箭」。由此該劇不但禁演，編、導和演職員均受到不同程度的審查和批判，有的還為此付出了生命代價。

4.《三上桃峰》

劇情：《三上桃峰》是一九七四年，文革期間，山西省參加華北地區文藝調演的一個劇目，講的是某公社杏嶺大隊幹部，把病馬當好馬賣給桃峰大隊，事後，杏嶺大隊黨支部書記三次上桃峰大隊認錯。故事取材於一九五六年七月二十五日《人民日報》的一篇通訊《一匹馬》。故事情節很簡單，主題是在頌揚的社會主義新風尚。

《三上桃峰》劇照，山西晉劇院晉京彙報演出，攝於 1974 年。

禁與解禁：說來此事還真有點戲劇性。文革前，王光美「四清」蹲點的河北省撫寧縣桃園大隊曾發生過這樣一件事，桃園大隊第二生產隊從相距二十公里的榆關公社某生產隊買進一匹高大的「菊花青」馬。這匹馬雖然看上去膘肥體壯，但它是一匹病馬，沒多久便露了餡兒。賣馬的生產隊感到這樣做損人利己，有失公德，便向對方提出退款，將馬拉回。而桃園大隊風格更

高，不僅不肯退馬，而且還派人拉著牲口支持對方春耕。後來，那匹馬果真死了，賣馬的生產隊執意要退款並另賠一匹馬，而桃園大隊堅決不收受。這樣一件事，是值得頌揚的一種社會主義新風尚。所以，當時《河北日報》、《人民日報》均對此作了報導，在全國影響很大。

一九六六年初，山西省晉劇團根據這匹馬的通訊，改編成一齣大戲《三下桃園》，讚頌新風。因為「文革」中傳統戲一律被批為「封資修」，中央要求各劇種劇團必須演現代戲。但是，創演新戲很困難。山西省晉劇團認為「文革」以前排演的《三下桃園》主題積極，可以繼續上演，為了規避王光美與「桃園」有關係之嫌，將劇名改為《三上桃峰》，劇情未變。可他們真是犯了傻氣，王光美已經被揪出來了，這個時候怎麼還能歌頌王光美蹲過點的村裏事呢？這不是燈蛾撲火嗎？他們的政治嗅覺遲鈍，不但繼續上演，而且還拿到北京匯演，豈非自投羅網。

一九七四年二月，該劇晉京，在「二七劇場」向中央彙報演出。正當全體演員企盼拿獎的時候，二十八日，《人民日報》發表「初瀾」的文章《評晉劇〈三上桃峰〉》。指出《三上桃峰》是《三下桃園》的翻版，是「階級鬥爭、路線鬥爭在文藝上的反映」，是「要為劉少奇翻案」。三月三十日，于會泳在文化部「批林批孔」大會上講說：「《三上桃峰》為劉少奇翻案並非無意，而是有人支持、有人批准、精心策劃出來的。」於是，各大報紙撲天蓋地地撰文，齊聲聲討。調演結束後，文化部還專門將山西晉劇團留下來，繼續讓他們演出，以供全國批判。為批判而讓演員演「毒草戲」，這也是曠世奇聞，所以演員們在演出中無法進入劇情，被逼得在舞臺上哇哇大哭，直至戲無法演下去。因《三上桃峰》的事件發生地在河北，同年二月，石家莊專門召開批判《三上桃峰》的萬人大會，在全國掀起了批判《三上桃峰》的高潮。

這還不算完，批判的範圍還在逐步擴大。由於《三上桃峰》的內容與馬有關，所以那個時期凡在新編劇目中出現牛、馬等動物的，一律被「挖掘」出來進行批判。例如，湖南花鼓戲《還牛》，本來與桃園八竿子打不著，卻也成了《三上桃峰》的「姊妹毒草」。于會泳說：「『還牛』也好，『送馬』也好，都是為劉少奇、王光美歌功頌德的一類貨色！」湖北兒童劇《桃山新苗》，因劇名沾「桃」而被停演。受到株連的文藝評論工作者趙雲龍，竟被迫害致死。

直到「四人幫」垮臺，一九七八年九月七日，中共中央批轉山西省委報告，為《三上桃峰》事件平反，事件中受到冤屈的人員一併昭雪。

5.《姊妹易嫁》

劇情：張家大女兒素花自小與牧童毛紀定親，但為人貪慕虛榮，出嫁之日仍嫌棄未婚夫毛文簡家貧，不願完婚。當得知簡投考落第，隻身前來迎娶時，素花更百般取鬧，拒不上轎，老父有旺和妹妹素梅苦勸無效。其妹素梅激於義憤，且欣賞簡忠厚誠實，決從父命代姊出嫁。誰知出嫁之際，素花始知毛紀實高中狀元，為試探她才假裝落第，忙追出欲修舊好，卻遭冷待，眼見妹妹成了狀元夫人，前程似錦，後悔莫及。

禁與解禁：這是一齣根據蒲松齡所撰《聊齋誌異》中的故事改寫的一齣呂劇古裝傳統戲。一直為群眾所喜愛，在城市農村久演不衰。一九六〇年，山東呂劇團曾攜此劇晉京，在中南海演出，受到鄧小平、朱德等領導的表揚。但在文化大革命爆發以前，此劇早已禁止演唱了。在鄧小平復出之際，力抓生產，撥亂反正。一次休息之際，造反派們要他看一齣新排出的呂劇現代戲。鄧小平不看，提出要看呂劇《姊妹易嫁》。於是，此事便成了左派反鄧的口實之一。報紙大加批判。稱鄧「腦筋愚腐」，「死不改悔的走資派」妄想復辟倒退等等。上演了一齣以「借戲劇的狼牙大棒打死政敵」的鬧劇。

第六章　文化大革命後的禁戲
（1976〜1980）

　　自一九六四年全面禁演代表「封資修」的古裝戲，要求各劇團編演「現代戲」。由「文化大革命的旗手」江青一手培養了八齣「革命樣板戲」，即京劇《紅燈記》、《智取威虎山》、《沙家浜》、《海港》、《奇襲白虎團》，芭蕾舞劇《紅色娘子軍》、《白毛女》和「交響音樂」《沙家浜》。毛澤東在觀看了這八齣戲後，很予了高度評價，還親自為一些戲改了劇名，而且還親自指導修改內容和改寫戲詞。1966 年 12 月 26 日《人民日報》發表了《貫徹執行毛主席文藝路線的光輝樣板》一文，正式肯定了「樣板戲」一詞。郵電部為八個革命樣板戲的誕生，還發行一套紀念郵票」。其後，出現的現代京劇《龍江頌》、《杜鵑山》、《平原作戰》、《磐石灣》、《紅嫂》、《審椅子》等，雖然不屬於「八個樣板戲」之列，但也都屬於無產階文化大革命的「勝利果實」。

　　從此，這幾齣「樣板戲」便成了十幾億人民群眾的精神食糧。電視臺、電臺、大小劇場、舞臺和農村高音喇叭，日日夜夜不停地為人民洗腦播放。如是竟達十年之久。一九七六年，毛澤東病故，「四人幫」被捕，文化大革命歷經「十年浩劫」到此結束。接著，撥亂反正，清理「四人幫」餘黨，清理「四人幫」按插在文藝部門的爪牙。「樣板戲」的當紅人物，于會泳、浩亮、劉慶棠等人紛紛被捕，但「樣板戲」還在放聲歌唱。

　　後來，有巴金等幾位老作家聯合上書中央，說電臺裏一播李鐵梅《仇恨入心要發芽》，他們的神經就受不了。就聯想到十年間暗無天日的牛棚歲月。中央接受了他們的意見，此後，樣板戲就被打入了冷宮，遭到了停演和禁演。

其實，禁演樣板戲並非什麼政治的手令，或舉國上下的「民怨」，真正的原因是人們對文化大革命的一種集體性的否定。後一階段，各個劇團都拿出大量的時間和精力開始恢復傳統戲的演出。到了 80 年以後，部分樣板戲才再次出現，但都只是以藝術表演的角度的觀賞，再沒有文革時候動員群眾的意味了。

第七章　禁戲之殤

清末《點石齋畫報》刊載新聞：某班社因演出禁戲《翠屏山》被官府捉拿，演員遊街示眾，以為懲戒。

文化大革命期間涉及禁戲的著名表演藝術家、劇作家及社會名人之死

中國歷朝歷代均有「禁戲」之規，戲劇史料中，有關「禁戲」的政府條令也很多。對違者的處理，不能說不嚴不重。但對犯禁的優伶、編劇，大多是採取「停演」、「禁演」，或「取締伶籍」、「令其改行」，或「遞解出境」、驅逐了事。對於違禁的傳奇、唱本，則予以「禁售」、「罰沒」、「銷毀」而已。處理嚴重者，由地方鄉紳「逐出戲班」或「遊街示眾」。似乎還沒有「入獄」、「殺頭」的記錄。

唯獨「文化大革命」，是以「群眾運動」的形式爆起，以發動「充滿革命熱情的學生」組成的「紅衛兵」，以及「革命無罪、造反有理」的「盲從者」，以「要武」雄姿「橫掃一切牛鬼蛇神」。於是乎，瓦釜雷鳴、無法無天：山河失色，玉石俱焚，但不承擔任何法律責任。文革中究竟死了多少人？各種研究數字與官方數字均表明，至少數百萬人被迫害致死；中共元老葉劍英曾在中共十二屆一中全會後的中央政治局擴大會議上披露：文革整了 1 億人，死了 2 千萬人。城市有 4,810,000 各界人士被打成歷史反革命、現行反革命、階級異己分子、反革命修正主義分子、反動學術權威，非正常死亡 683,000 多人（見中共中央黨史研究室等合編的《建國以來歷次政治運動事實》）。

「文化大革命」運動是以批判「禁戲」《海瑞罷官》而發起的，因之，文藝界、戲劇界受創最重。「一夜風雨驟，花落知多少？」運動結束後，中國文聯在一九七九年十一月一日召開了第三次代表大會上，陽翰笙代表大會主席團宣讀了《為被林彪、「四人幫」迫害逝世和身後遭受誣陷的作家、藝術家們致哀》詞。他念道：

> 「主席團建議我們的大會，對長期奮鬥為我國革命文藝事業作出優異貢獻，因受林彪、「四人幫」迫害而逝世或身後遭到誣陷和凌辱的文藝戰士們，表示深切的哀悼和懷念！
>
> 中國無產階級文藝歷史的第一頁，就是用烈士的鮮血寫成的。在林彪、「四人幫」的殘酷壓迫下，許多優秀的作家、藝術家被迫害致死。許多同志和林彪、「四人幫」進行過英勇不屈的鬥爭，含冤而死，甚至慘遭毒害；有的因生前受到殘酷迫害，心身遭到嚴重摧殘，先後

逝世。」接著他讀出含冤而死的著名作家、詩人，著名文藝評論家、著名翻譯家、著名京劇表演藝術家、著名話劇藝術家、著名電影藝術家、著名地方戲曲藝術家、著名音樂家、著名美術家、著名民族歌手、民間詩人，著名攝影家、著名曲藝家、著名木偶藝術家，共計一百七十餘人。他說：

林彪、「四人幫」對我國文藝事業和文藝隊伍的摧殘，是一場空前的浩劫。許多同志的逝世，是我國革命文藝的重大損失。他們雖然離開了我們，但是他們永遠活在我們心中。我們懷著沉痛的心情，對這些同志，對一切被林彪、「四人幫」迫害致死和身後遭受誣陷的文藝工作者，表示最深的哀悼。現在，我提議：全體起立，默哀！」

從中，我們可以看到「文化大革命」對文化的重創是何等的慘烈。這些知名人士的慘死只是全豹一斑。戲曲界因戲而亡者何止千百。以下，筆者就眾人皆知因涉及「禁戲」而亡的「名優們」，簡述行止，以為忘卻之紀念。

1. 馬連良

馬連良（1901～1966），著名京劇表演藝術家。字溫如，回族。北京人。8 歲入喜連成科班。先從茹萊卿學武小生，後從葉春善、蔡榮桂、蕭長華學老生，一年以後即登臺演出。17 歲藝滿出科，聲譽鵲起。始灌製唱片行世。廣徵博採的舞臺實踐，使他的表演藝術不斷精進，自成一派，獨樹旌幟。1952年建立「馬連良京劇團」。1955 年與譚富英、裘盛戎、張君秋並團。先後合作排演了《赤壁之戰》，《秦香蓮》、《趙氏孤兒》等名劇。六十年代，因主演《海瑞罷官》，攪入政治漩渦。觸怒了毛澤東，而成為「文化大革命」的導火索。文革開始，即慘遭批判、鬥爭、抄家，鞭笞，關牛棚，每月生活費僅為 12 元。馬連良在惶惶不可終日的心驚膽顫中，於 1966 年 12 月 16 日，淒慘離世。

2. 吳晗

吳晗（1909～1969），原名吳春晗，字伯辰，筆名語軒、酉生等，浙江義烏人，中國著名歷史學家、現代明史研究的奠基者。曾任西南聯大和清華大學教授，解放後任北京市副市長，中國科學院歷史研究所哲學社會科學部學部委員，北京市政協副主席等職務。1957 年 3 月，吳晗加入中國共產黨。

1959 年 9 月，他發表《論海瑞》、《海瑞罵皇帝》等文章，提倡敢講真話精神。並在 1960 年應馬連良先生之邀，寫成新編歷史劇《海瑞罷官》。其後，

吳晗、鄧拓和廖沫沙在《前線》雜誌發表雜文《三家村劄記》專欄，以歌頌正義光明、匡正時弊為宗旨。1965 年，他的代表作《朱元璋傳》修改後再度出版。這一切引起了江青和毛澤東的高度重視。

1965 年 11 月，姚文元在毛澤東的支持下發表《評新編歷史劇〈海瑞罷官〉》一文，指責吳晗的《海瑞罷官》是反黨反社會主義的「一株毒草」，是在「為彭德懷翻案」。誣陷吳晗「攻擊毛主席」「反黨反社會主義」。接著，《三家村劄記》也遭到批判，給他扣上「叛徒」「特務」等罪名。

1966 年 3 月 28 日，毛澤東在杭州三次同康生、江青等人談話，嚴厲指責北京市委、中宣部是「閻王殿」包庇壞人，不支持左派，並點名批評鄧拓、吳晗、廖沫沙的《三家村劄記》和鄧拓寫的《燕山夜話》是反黨反社會主義的。以此，揭開「文革」的序幕。「文化大革命」開始後，吳晗從精神到肉體慘遭摧殘，被關進了牢獄。但是，批判並未停止，而且愈演愈烈。不久，吳晗和妻子袁震都進了勞改隊，頭髮被拔光，雙腿癱瘓。1969 年 3 月 19 日含冤去世，骨灰至今下落不明。養女吳小彥於 1976 年 9 月 23 日在獄中自殺身亡。「文化大革命」結束後，其冤案才得以平反。

3. 田家英

田家英（1922～1966），本名曾正昌，筆名田家英，四川雙流人，政治家。1936 年在成都參加抗日救亡工作。1938 年入陝北公學，同年加入共產黨。曾任延安馬列學院教員、中共中央政治研究室研究員。1948 年至 1966 年任毛澤東秘書，兼任國家主席辦公廳、中共中央政治研究室和中央辦公廳副主任，係毛澤東的總管家。在廬山會議期間和對發動文化革命運動有獨立的政治見解。文革初期反對毛澤東批判京劇《海瑞罷官》，並刪去毛澤東指出「彭德懷就是海瑞」的政治論斷。因此觸怒了毛澤東，免去其一切職務，進行隔離審查。是日，田家英自縊於中南海永福堂。為文革初始，涉及「禁戲」而死的第一位高官。

4. 鄧拓

鄧拓（1912～1966），福建閩侯人。1930 年加入中共。曾任中共北京市委宣傳部部長、《人民日報》總編輯和社長等職。1966 初，因與彭真等人一起反對姚文元批判《海瑞罷官》的文章，有意將批判導入學術爭論的軌道。在《北京日報》《光明日報》連續發表了多篇為其辯護的文章。引起「四人幫」憤怒。

發起了對《燕山夜話》和《三家村劄記》的大批判，並撤去了他的一切職務。5 月 16 日，戚本禹發表文章公開點名批判鄧拓，稱其「是一個大叛徒」。翌日晚間，鄧寫下《致北京市委的一封信》和《與妻訣別書》後，在家中自縊身亡。成為在那段非常的歲月裏一位涉及「禁戲」而亡的高級幹部。

5. 陳笑雨

陳笑雨（1917～1966），江蘇靖江縣人。著名文藝評論家。1949 年後歷任《文藝報》副主編、《新觀察》主編、《人民日報》編委兼文藝部主任等職。因為抵制毛澤東對文藝政策的一系列批判，以及拒不轉發姚文元批判《海瑞罷官》的文章，文革初期被打成反革命分子，慘遭批鬥。其不甘屈辱，於 1966年 8 月 24 日，投入北京永定河自盡。

6. 遇羅克

遇羅克（1942～1970）北京人。出生於小型民營企業家家庭。父母在 1957年均被劃成右派。1959 年，他從北京市第六十五中學畢業，因出身問題未能考取大學。先在北京大興縣紅星農場插隊務農，後在北京人民機器廠當學徒工，還做過代課教師等臨時工工作。

1965 年 12 月，當他看到姚文元在上海《文匯報》發表的《評海瑞罷官》的文章後，曾奮筆直書，寫了一篇名為《和機械唯物論進行鬥爭的時候到了》，據理反駁。他在文章中批駁姚文元對歷史和現實的曲解，明確地指出：「姚文元同志代表了存在於思想界中的機械唯物論的傾向。我覺得和這種傾向進行鬥爭的時候到了。」該文觸怒了「四人幫」的神經。其後，他又以「家庭出身問題研究小組」為筆名，撰寫了《出身論》一文，發表在《中學文革報》第六期的頭版，批判了紅衛兵的「老子英雄兒好漢，老子反動兒混蛋」的反動理論，社會反響巨大。「四人幫」惱羞成怒，將其定為「現行反革命」。由公安部部長謝富治下令，遇羅克於 1968 年 1 月 5 日被捕。

1970 年 3 月 5 日，他和另外 19 位政治死刑犯在北京工人體育場的十萬人大會上，被宣判死刑，並立即執行了槍決。時年僅 28 歲。他也是因為涉及」禁戲」，而慘然殞命的一位優秀的青年。

7. 朱石麟

朱石麟（1899～1967），著名電影戲劇大家。原籍江蘇太倉，1899 年出生於廣東，後隨父移居上海。及長肄業於南洋，先後應聘在漢口中國銀行供職。

因癡迷電影戲劇。1923 年，進入華北電影公司任編譯部主任。他為阮玲玉撰寫了《自殺合同》、《故都春夢》，為周信芳編寫了京劇《徽欽二帝》和《文素臣》等劇，而一舉成名。1948 年，朱石麟編寫了歷史巨片《清宮秘史》，在全國各地放映，引起轟動。

文化大革命爆發後的 68 年 1 月 5 日，香港《文匯報》全文轉載姚文元寫的《評反革命兩面派周揚》一文，文中點名批判朱石麟編寫的《清宮秘史》。身在香港寓中的朱石麟，哆哆嗦嗦著讀完姚文元的文章後，自覺神思恍惚，難以自持。據他的女兒回憶說：「他看完報之後，想從帆布椅上站起來，站了幾次沒有成功，媽媽想去扶他起來，可是他固執地不要，他停了一下再使勁拉著椅柄站起來，成功了，可是他沒走幾步就倒地了。」朱石麟因腦溢血，於當晚告別塵世，終年 68 歲。他是居於海外而涉及「禁戲」編劇，因受到強烈刺激而溢血身亡的第一人。

8. 周信芳

周信芳（1895～1975），名士楚，藝名麒麟童。原籍浙江慈谿，生於江蘇清江浦。著名京劇表演藝術家。他 6 歲從陳長興練功學戲。7 歲登臺獻藝，故名「七齡童」，後改用「麒麟童」，一直沿用至今。1908 年，到北京入喜連成科班深造，演技漸趨成熟。二、三十年代，先後在上海各大劇場演出連臺本戲《漢劉邦》、《天雨花》、《封神榜》等戲。藝術上勇於創造，形成獨特的「麒派」表演。

中華人民共和國成立後，當選為全國人大代表，歷任中國戲曲研究院副院長、上海京劇院院長、中國劇協上海分會主席等職位。1959 年，因排演《海瑞上疏》，被疑為「影射中央」、「為彭德懷翻案」。文化大革命爆起之時，全家獲罪。先是被毆打批鬥，後被抄家入獄，導至家破人亡，殃及子女妻兒。其妻裘愛琳癱瘓病死，其子少麟被打成現行反革命，勞動改造。孫女累遭驚嚇，患神經分裂症，墜樓身亡。1975 年 3 月 8 日，周信芳在病中含冤去世。

9. 許思言

許思言（1918～1987）原名鐵生，溫州市區人。乃父許漱玉是溫州商界名人，頗愛戲劇，曾出鉅資建造中央大戲院。但決不許兒孫輩與優伶為伍。許思言出於對京劇的酷愛，瞞著家人拜林蟄卿為師，14 歲即登臺演唱《捉放曹》。他特別喜愛言菊朋的唱腔，故改名「思言」。1949 年，師從鄭劍西、蘇

雪安學習編劇。1955 年起，擔任上海京劇院編劇，深受周信芳器重和影響。
十多年間，寫了《賺華州》、《石橋驚駕》、《漢武哭宮》等許多劇本，是一位罕
見的高產作家。特別是《海瑞上疏》一劇，深得周信芳大師的讚賞，譽盛南
北。

　　1966 年，史無前例的「文化大革命」，先從吳晗寫的《海瑞罷宮》開刀，
恰與《海瑞上疏》同誣為「南北呼應、沆瀣一氣」，慘遭誅伐。張春橋在一次
會議上指名此劇，「是抬著棺材上臺罵領袖！」此後，作者和演員的命運如
何，可想而知。抄家、批鬥、挨打、受辱、進牛棚、勞動改造，許思言陣陣不
落，九死一生。熬到文革結束後，許思言因患癌症，已病入膏肓。1987 年 11
月 10 日在上海病逝。

10. 胡治藩

　　胡治藩（1902～1966），亦名胡濟生，筆名梯維。胡治藩出身於清朝官宦
之家，從小接受良好的傳統教育，在文學、書畫、戲劇方面打下深厚的根基。
1921 年，畢業於東吳大學金融管理系，承繼父業，成為浙江實業銀行的掌門
人，兼任上海大光明電影院總經理。同時，他還是一位知名的海派作家、劇
作家和京劇名票。

　　他一生鍾愛戲劇，是「湖社」票房的骨幹。演過阿英執筆的《葛嫩娘》、
曹禺的話劇《雷雨》和歐陽予倩的《人面桃花》等，素有票界第一小生之譽。
他還是一位充滿正義感的京劇編劇家。抗戰時期先後為周信芳的移風社寫過
《香妃恨》和《文天祥》。一九四一年，他與著名的京劇表演藝術家金素雯結
婚，時稱一對神仙伴侶。一九五九年，已經淡出文藝圈的胡治藩，還參與編
寫了由周信芳和金素雯主演的《海瑞上疏》，作為國慶十週年獻禮節目到全國
巡迴演出。一九六四年，六十歲的胡志藩完成了劇本《興唐鑑》的創作。但
是，就是這兩齣含有針貶時弊的戲，給他和他的妻子金素雯帶來殺身之禍。

　　一九六六年七月，上海京劇院鋪天蓋地的大字報寫滿了對《海瑞上疏》
和《興唐鑑》的批判，以及胡治藩和金素雯的「反黨罪行」。隨著姚文元父
親姚蓬子的煽動，胡治藩受到了工商界和文藝界的集中批鬥。從文鬥發展成
武鬥，甚至把他從大光明電影院的樓梯欄杆上，頭朝下地倒掛起來，逼他承
認「三反罪行」。面對是非顛倒的世界，「士可殺、不可辱」的人生信條使他
毅然選擇了以死抗爭。七月三日晚，胡治藩與金素雯穿上了當年在舞臺上穿
過的戲衣，重新演唱了他們共同演出過的《人面桃花》。在天亮時分，二人

手挽手、面對面地一同告別了他們熱愛的世界。成為「文革」徇道的第一對伉儷。

11. 金素雯

金素雯（1921～1966）著名京劇表演藝術家。杭州人，滿族，早年父親在杭州為官，民初家境敗落。素雯與姐金素琴在杭州學戲，後到上海搭班演出，深得歐陽予倩的賞識。20 世紀 30 年代，曾參加歐陽予倩主持的中華劇團，主演《人面桃花》等名劇。同時，還與移風社的高百歲、李紫英等青年藝人編演了激發民族氣節的《徽欽二帝》等戲，戲院因此被日偽查封。1940 年，與周信芳、高百歲、王熙春等合作演出於卡爾登戲院。抗日期間，她多次為救濟難民舉辦慈善義演。同年，與胡治藩結婚。

1949 年後，參加上海京劇院，與周信芳院長長期配戲。自從其姐金素琴由香港轉赴臺灣之後，金素雯在團中備受冷落。

金素雯擅演接近現代生活的戲，早在青年時代就曾進行過多方面的探索。1958 年，她曾自編自演了現代戲《送肥記》，榮獲多種大獎。但是，她在江青的眼裏是個「階級異已分子」。1963 年，她曾以個人的名義向京劇院提交了一個歌頌諫臣魏徵的劇本《興唐鑒》，講述魏徵冒死進諫李士民，放歸三千宮女的戲。並與周信芳一起排演，但中途被江青叫停，並批該戲「借古諷今」，「惡毒攻擊毛澤東」。

文革一開始，大字報從團部一直貼到她的家裏。七月三日白天，她曾穿著漂亮的旗袍到團裏看大字報。看畢一笑，隨手點著一根煙，便揚長而去。是夜，她與先生胡治藩同用一根繩子，打了兩個結，雙雙自縊而死。她是因「禁戲」而亡的京劇第一人。

12. 田漢

田漢（1898～1968），本名田壽昌，筆名有田漢、伯鴻、紹伯、漱人等。漢族，湖南省長沙人。偉大的劇作家、詩人、文藝活動家，中國現代戲劇奠基人。他創作了國歌《義勇軍進行曲》。

田漢早年留學日本，在抗戰期間，團結文藝界進步人士抗敵救國，功不可歿。解放後，出任文化部戲曲改進局、藝術局局長。因創作《關漢卿》、《謝瑤環》等劇，被批他「借古諷今」、是一個「反黨反人民」的「文化特務」。文革之初，即被捕入獄。據媒體披露，他在獄中慘遭刑訊和迫害。常年反背手

銬，被逼趴在地上把自己的小便喝掉，活活地被摧殘凌辱。1968 年 12 月 10 日死於獄中，終年 70 歲。平反後，因找不到他的骨灰，只好在骨灰盒中，放入他的眼鏡、鋼筆，和生前創作的《義勇軍進行曲》和《關漢卿》。

13. 舒繡文

舒繡文（1915～1969），著名電影戲劇表演藝術家。原籍安徽省黟縣，出生於安徽省安慶。1933 年，出演個人首部電影《民族生存》和《夜來香》一舉成名。此後，數年間連續參演了《一江春水向東流》、《野火春風》和古裝劇情電影《李時珍》等，皆有上乘的表演，因之大放光彩，成了與張瑞芳、白楊、秦怡齊名的「四大名旦」。1957 年，調入北京人民藝術劇院擔任主要演員。先後排演了《貴婦還鄉》、《蔡文姬》等戲，大受好評。1958 年，她演出了田漢編寫的話劇《關漢卿》，在劇中飾演朱簾秀大獲成功。但也正因這齣戲，種下了禍根。

文化大革命爆起之時，舒繡文已身患重病，孤獨一人，無人照顧。但仍被造反派日夜揪鬥，命其交待與田漢的關係和演出反動戲劇《關漢卿》的動機。在百般折磨下，她的病情日重一日，無法得到應有的醫治。於 1969 年 3 月 17 日去世，終年 54 歲。

14. 孟超

孟超（1902～1976），原名憲啟，又名公韜，字勵吾，筆名有東郭迪吉、林青等。山東諸城城關鎮人。著名作家、劇作家。1926 年畢業於上海大學中文系。曾與蔣光慈、阿英等人組織太陽社，參加左聯活動，與馮乃超、夏衍等人創辦藝術劇社。抗戰時期任桂林、崑明文協理事。

新中國成立後，他相繼任國家出版總署圖書館副館長、人民美術出版社創作室副主任等職。1957 年，調任戲劇出版社任副總編輯。1961 年，調任人民文學出版社副總編輯兼戲劇編輯室主任。此間，他創作了一齣古裝戲《李慧娘》。在受到戲曲界、評論界眾口稱頌之時，江青、康生向毛澤東告狀，稱目前「鬼戲泛濫」，是「借鬼反黨」的新動向。隨之，全國各地開始禁演鬼戲，《李慧娘》遭受到鋪天蓋地的批判。

文革一開始，孟超受到了殘酷迫害，日夜不息的批鬥，鞭笞，使之生不如死。於 1976 年 5 月，含恨辭世。是文藝界一樁亙古罕見的冤案。直到 1979 年 3 月，中共人民文學出版社才為孟超平反昭雪。

15. 廖沫沙

廖沫沙（1907～1990），原名廖家權，筆名有繁星、埜容、野容等，湖南長沙人，中國現代作家，曾任北京市委委員、宣傳部副部長、教育部部長、統戰部部長。

廖沫沙參加革命較早，1928年，在武漢任《革命軍日報》副刊編輯。抗日戰爭全面爆發後，隨同田漢、陽翰笙、袁牧之等人到武漢編輯期刊《抗戰戲劇》。1942年，前往重慶任《新華日報》編輯部主任。

1960年代初，北京上演了孟超寫的《李慧娘》。當時任北京市委統戰部部長的廖沫沙用「繁星」的筆名發表了一篇《有鬼無害論》的文章，意在說明古今文學作品中，好的鬼故事很多，演一演沒有害處。

「文革」中，這一條成了廖沫沙的一大罪狀，在江青的指揮下，掀起了全國的大批判。接著，又扯起了他與鄧拓、吳晗合作《三家村劄記》的事，被打成「三家村反黨集團」，遭到殘酷迫害。遭受連續批鬥，抄家、遊街、住牛棚。1968年初至1975年，在秦城關押了8年之久。1975年6月，被押往江西分宜縣芳山林場進行勞動改造。直到1979年初，才得以平反昭雪。1990年12月27日，因病在北京逝世。

16. 李淑君

李淑君（1930～2011），著名崑曲表演藝術家、北方崑曲代表人物之一。她最初在北京輔仁大學讀書，後考入中央音樂學院，學習聲樂。畢業後，進入中央實驗歌劇院。李淑君特別鍾愛戲劇，曾先後向北崑名家韓世昌、馬祥麟和黃梅戲宗師嚴鳳英等人學藝。在進入北方崑曲劇院擔任旦角演員後，她很快以嗓音甜潤、吐字清晰、表演細膩，成為北崑第一名旦。除了演出傳統戲《千里送京娘》、《昭君出塞》、《玉簪記》、《奇雙會》等，還主演了多部新編劇目，如《文成公主》、《桃花扇》、《血濺美人圖》以及現代崑曲《紅霞》等。

60年代，李淑君主演的《李慧娘》，曾引起了輿論界關於「有鬼無害論」的大討論。他還曾為電影《桃花扇》和話劇《蔡文姬》配唱崑曲。

毛澤東曾指出：《李慧娘》是株大毒草。劉少奇也批判它是一齣「反共產黨」壞戲。於是，全國報刊掀起了對《李慧娘》的大批判。李淑君被嚇得連篇累牘地寫檢討，還在《戲劇報》上發表一篇署名文章——《要演「紅霞姐」，不做「鬼阿姨」》的奇文。事後便得了神精分裂症，被送進了精神病院。倒也不錯，正好躲過了文化革命的災難。直到2011年12月31日，李淑君在北京

去世，享年 81 歲。

17. 叢兆桓

叢兆桓（1931～），出生於遼寧省大連市一民營企業家的家庭。乃祖係山東著名的「火柴大王」叢良弼。叢兆桓從小受到良好的文化教育，且又喜歡音樂舞蹈。五十年代，考入民族舞團擔任歌舞演員。1957 年，23 歲的叢兆桓調入北崑學習崑曲。最初他極不情願。沒有想到從此竟與這門古老的藝術結下了一生的情緣。他以大躍進的方式短期速成，學了就演。第二年就排了一齣《紅霞》現代戲，演出卻獲得了意想不到的成功。

1961 年，他和李淑君排演了孟超編的《李慧娘》，上演後好評如潮。《人民日報》曾發文，贊其是一朵鮮豔的紅梅花。不想，在全國京劇現代戲觀摩演出大會上，江青和康生一唱一和地大批《李慧娘》，紅梅花頓時變成了大毒草。叢兆桓因主演戲中男主角裴舜卿，使他的命運也發生了逆轉。

1966 年，上級要北方崑曲劇院在三天內撤銷建制，人員全部解散。他不服氣，堅決抗爭。江青點名叢兆桓是個反革命分子，被關進了監獄，在那裡他度過了八年的時光。崑曲也在中國銷聲匿跡了十三年。

18. 趙慧深

趙慧深（1911～1967），四川宜賓人。著名話劇表演藝術家，她以在《雷雨》中成功飾演繁漪而聞名。文革中，因他參與撰寫的電影劇本《不怕鬼的故事》和家庭成分不良，而被打成「一貫反對毛澤東思想」，「倡演鬼戲」的「三反分子」。日夜遭受批鬥。又因為她曾在電影《馬路天使》中，飾演過妓女小芸。因而，受到造反派的百般嘲弄和侮辱。1967 年 12 月 4 日，趙慧深含恨自殺。

19. 邵荃麟

邵荃麟（1906～1971）文藝評論家，浙江慈谿人。出生於四川重慶。原名邵駿遠，曾用名邵逸民、筆名力夫、契若。中國文藝理論家、現代文學評論家、作家。曾任中國作家協會副主席、主席、黨組書記。

「文革」發動以前，邵荃麟提出「中間人物論」，受到了嚴厲的批判。作為文藝評論家，他對江青搞現代戲頗有微詞，認為寫戲不應該全是「高、大、上」，也應該有「中間人物」存在。這些話大多寫在日記或與朋友的交談中。但最終被人揭發，以「反對戲劇改革、反對大寫十七年、反對文化大

革命」為由，被撤職法辦，投入牢獄。在秘密關押的五年間，他的精神與肉體備受折磨，終於在 1971 年 6 月，瘐死獄中，他的骨灰亦被勒令不予保留。直到 1979 年 9 月 21 日，由胡喬木主持追悼會，為這位傑出的文化鬥士昭雪平反。

20. 尚小雲

尚小雲（1900～1976），名德泉，字綺霞。出生於河北邢臺南宮市。著名京劇表演藝術家，京劇「四大名旦」之一。尚小雲在近六十年的舞臺實踐中創造出了「文武並重，歌舞兼長，清新英爽，灑脫大方」的尚派藝術，對後世影響極其深遠。他還自辦學生班社，為京劇藝術培養出許多傑出人才。他在調往西安之時，曾把個人價值一個億的古董收藏，無償捐獻給陝西博物館。他曾歷任政協委員，戲曲家協會常務理事，陝西省京劇院院長，中國戲曲學校藝術顧問等職。

1966 年 6 月 1 日，《橫掃一切牛鬼蛇神》的文章出籠，戲校炸開了鍋。尚小雲被扣上「擅演禁戲，用封資修的玩意兒禍害革命群眾」的帽子，是一個地道的「資產階級反動藝術權威」。接著，是無休止的關押、批鬥、多次抄家。夫人和兒子都受牽連，同他一起關進了「牛棚」，每人每月只給極少的生活費。

1973 年，尚小雲才獲得「解放」回家。但八年的折磨，他的身體被嚴重摧殘，全身傷痛，左眼失明。1976 年 4 月 19 日，因心臟病猝發，淒慘逝世。

21. 荀慧生

荀慧生（1900～1968），京劇著名表演藝術家，「四大名旦」之一。初名秉超，後為荀慧生，號留香，藝名白牡丹。一生演出了三百多齣戲，代表作為《元宵謎》、《玉堂春》、《棋盤山》、《紅娘》等，是中國京劇荀派的創始人。

1966 年 6 月，文化大革命開始。荀慧生還沒有弄明白是怎麼會事的時候，就以「擅演黃色戲、粉戲和禁戲」等罪名，打成「牛鬼蛇神」、「反動藝術權威」、「殘渣餘孽」和「反黨分子」，被揪了出來。其妻張偉君、兒子荀令香、荀令文，女兒荀令萊也都被隔離審查，全家人失去了自由。面對鋪天蓋地的大字報、批鬥和審訊，他只有沒完沒了的寫交待材料。荀慧生實在不懂得，唱戲和政治有什麼關係。

8 月 23 日，「造反派」打著「破四舊」的旗號，把北京市京劇團所有戲箱全部燒毀。勒令荀慧生等一批著名演員，全部跪在地上接受批判教育。面對

呼嘯著的口號聲、皮鞭和漫罵聲和熊熊大火，荀慧生和許多藝術家被折磨的生不如死。

後來，荀慧生被押到沙河農場監督勞動。12月的一天，荀慧生的腿和腳都腫了，身子虛弱得上氣不接下氣。在下地勞動的途中，倒在凜冽的北風之中。造反派無動於衷地罵他「裝死」。他趴在冰冷的泥地上四個多小時，當女兒趕到時，他已經奄奄一息。送到醫院不久，便與世長辭了。

22. 于連泉

于連泉（1900～1967），著名京劇表演藝術家。名桂森，又名樹德，學名連泉，字紅霞，號紹卿，藝名小翠花；直隸冀州衡水縣人。原籍山東登州。

他九歲入老水仙花主辦的鳴盛和科班學藝，演梆子花旦。鳴盛和科班解散後，加入富連成科班。經蕭長華、郭春山等名宿教導，技藝大進。因扮演《三疑計》的丫鬟翠花，演得非常出色，藝名遂改為「筱翠花」。1918年出科後，曾輔佐尚小雲，楊小樓和余叔岩演出。最後自己組班，在北京、上海、漢口等地演出，聲譽大振。

于連泉戲路博廣，扮相好，蹺功已臻化境。自成「筱派」。他創演的《馬思遠》、《雙釘記》、《陰陽河》、《西湖陰配》等戲，向以「血粉戲」為人稱讚，但亦為人詬病。解放後，他的戲大多被列為「禁戲」，不能公演。但是他的《拾玉鐲》、《鐵弓緣》、《貴妃醉酒》等戲別具風格。他的花衫技巧和花旦技藝都是後人學習的典範。文化大革命時，他以「擅演粉戲、兇殺戲、血粉戲」為由，被紅衛兵揪了出來，抄家批鬥，還叫他穿上戲衣走「鬼步」、走「魂子步」，極盡羞辱之能事。他在驚嚇中，一病不起。第二年，因心臟病發猝死床頭。

23. 毛世來

毛世來（1921～1994），原名家寶，字紹萱。祖籍山東掖縣，生於北京。著名京劇表演藝術家。

1936年，他在富連成科裏拜尚小雲。梅蘭芳為師，技藝大增。經常演出的劇目有《十三妹》、《雙釘記》、《大劈棺》、《拾玉鐲》、《鋸大缸》及全部《穆桂英》等。因演技出眾，在科班時已享盛名。1939年《立言報》評選「四小名旦」，李世芳、毛世來、張君秋、宋德珠勝出。1949年，毛世來挑班自組和平京劇團。

1958年，毛世來調往長春，任吉林京劇團團長和省劇協主席。文化大革

命時遭受迫害，批鬥後，撤消工資，解除公職，全家押至永吉縣黃榆公社紅星大隊插隊落戶。他因不會幹農活，無勞動能力，每天工分僅為三分錢。淪為舉家終年食粥的地步。直到 1978 年 5 月，才落實政策調回長春。經此大起大落，神精長期處於緊張之中，一但身獲自由，便突發中風。腦血栓症使他半身不遂，無法正常生活。1994 年，於長春淒然病故，享年 73 歲。

24. 楊寶忠

楊寶忠（1899～1967），字信忱。原籍安徽合肥，生於北京。中國京劇余派老生演員、琴師。1960 年，受聘出任天津市戲曲學校副校長兼任教師。

楊寶忠 3 歲學戲，12 歲登臺，以「小小朵」藝名出演於北京。1916 年，楊寶忠變聲，家居休養時開始研究胡琴、鋼琴、小提琴和西方音樂理論知識。1934 年，拜弦師錫子剛為引道師，正式改為琴師。1939 年，加入「扶風社」為馬連良操琴。1952 年，加入天津市京劇團。與乃弟楊寶森合作，二人珠聯璧合，為後人留下很多精品。1960 年，受聘出任天津市戲曲學校副校長兼任教師，著有音樂專著《楊寶忠京胡演奏經驗談》一書，影響深遠。

「文革」開始後，楊寶忠被以「反動權威」的罪名打入牛棚。1968 年 12 月紅衛兵將他一人關在隔離室內，鎖上門後逕自回家過年，竟然將其遺忘。28 日，楊寶忠在牛棚凍餓而死，享年 68 歲。

25. 蓋叫天

蓋叫天（1888～1971），原名張英傑，號燕南，河北高陽縣人，著名京劇表演藝術家。蓋叫天自幼入天津隆慶利科班習武生，長期在上海一帶演出。他擅演全部《武松》、《英雄義》、《一箭仇》等武生戲，以豐富的武打技術和人物形體美的造型，逐漸形成了獨具特色的「蓋派」表演藝術，有「江南活武松」之譽。

文化大革命爆起之日，造反派誣之為「擅演兇殺壞戲，專門毒害人民」。將這位七十八歲的老人拉去遊街。造反派給他戴上高帽子，穿上戲衣，裝在一輛垃圾車上批鬥。批鬥會上要他跪倒，蓋叫天堅決不跪，造友派就用木槓子壓斷了他的雙腿，並且掃地出門。數十年收藏的古玩字畫及全部衣物家具被洗劫一空，分給他的小茅屋裏只剩下十五塊錢。他被送到醫院後，因為是「牛鬼蛇神」，不給治療。當他被押回小茅屋後，就在天將黎明之前溘然去世。時為 1971 年 1 月 15 日，終年八十三歲。粉碎「四人幫」後，1978 年 9 月 16

日，蓋叫天的十載沉冤才得以平反昭雪。

26. 李少春

李少春（1919～1975），名寶璘，出生於天津，祖籍河北霸州，是著名的京劇表演藝術家。

李少春家學淵源，1929 年登臺從藝，在教師陳秀華、丁永利的培養下，文武兼學，學業精專。後拜余叔岩為師，技藝更精。他先後編演了《文天祥》、《鬧天宮》、《百戰興中唐》和《野豬林》等名劇，聲傳遐邇。1952 年，加入中國京劇部院後，先後隨中國文化代表團訪問印度、緬甸，日本、智利、烏拉圭、巴西、阿根廷、加拿大，傳播傳統文化。拍攝有電影戲曲片《野豬林》在全國放映。

「文革」開始後，他被打成「反革命分子」，關進了「牛棚」，遭受批鬥。1973 年，上級要他退黨，宣布內部「控制使用」，被分配到中央五七藝大戲曲學校教戲。這位昔日站在京劇藝術巔峰上的藝術大師，在經歷了政治的波譎雲詭和大革命的肆虐之後，早已沒有了往日的精神和動力，整日眼神迷離，喃喃自語，惶惶不可終日。1974 年意外摔倒，導致腦血栓。翌年 9 月 21 日，李少春因心臟病與腦血栓併發在北京逝世，享年 56 歲。

27. 葉盛蘭

葉盛蘭（1914～1978），原名端章，字芝茹，原籍安徽太湖，生於北京。著名京劇表演藝術家。他是清末著名小生程繼先的得意弟子。葉派小生藝術的創始人。其父葉春善係富連成社社長，是一位成就卓越的戲曲教育家。

1951 年，葉盛蘭加入中國戲曲研究院京劇實驗工作團。是第一個帶領私人班社加入國家劇團的第一人。與杜近芳、張雲溪、張春華、李少春、袁世海等長期合作，創演了《柳蔭記》、《白蛇傳》、《桃花扇》、《周仁獻嫂》、《九江口》、《西廂記》、《赤壁之戰》等一系列名劇。1955 年，隨中國藝術團赴西歐諸國訪問演出。1957 年參加影片《群英會》、《借東風》的拍攝，留下了珍貴的音像資料。

正在他藝術創造力最為旺盛的時候，卻遭到一些權貴要人物的迫害。1958 年，在「反右運動」後期被戴上右派帽子，內部控制使用。文革起時，下放到「紅藝五七幹校」勞動。派他幹插秧一類的活兒。他兩隻腳成天泡在冰冷的水田裏，因之患有嚴重的動脈曲張。「文革」後期，才讓他返城回家。遙遙無

期的改造，使葉盛蘭身患多種疾病。1978 年，經上級批准住院治療。但是為時已晚。他在醫院只活了一周，便於 1978 年 6 月 15 日帶著屈辱死去，享年64 歲。

28. 葉盛章

葉盛章（1912～1966），字耀如，安徽太湖人，生於北京。富連成社社長葉春善之三子。京劇著名表演藝術家，是惟一享有「流派」鼻祖之譽的丑角藝術大師。

葉盛章七歲學藝，三年後轉入富連成社小四科，師從蕭長華、郭春山、沈金戈、王連平等名家問藝。他編演過《智化盜冠》、《徐良出世》、《酒丐》等武丑戲，獨擅甌甈。1947 年，蓋叫天以雙頭牌名譽特邀葉盛章到上海黃金舞臺聯袂演出《三岔口》，當時被譽為「南北雙絕」。1948 年，他組班「全新社」，首開武丑挑大樑的先河。

1966 年「文化大革命」來勢迅猛，文化部門首當其衝。葉盛章這位身懷絕技的藝術家，自然在劫難逃。當時，葉盛章居住龍潭湖樓房，有同樓之人藉口葉盛章出賣私房，擠佔公房。又有人誣陷他家中藏有槍支。街道與戲校的造反派串通紅衛兵，在樓群空場對葉氏一家進行了激烈的批鬥，直至深夜。次日清晨，有人發現葉盛章浮屍於東便門二閘護城河內，撈上來時，人已氣絕身亡。其子收屍時，發現乃父腦後有傷洞，認定為人所害，絕非投河自盡。但在那個動亂的年代，怎敢追問究竟？又到何處去尋求公理。就這樣，一度紅遍大江南北的京劇名家，就這樣不明不白地火化了。

29. 高百歲

高百歲（1902～1969），字幼齋，號智雲，又名伯綏。出生於北京。是著名的京劇老生演員。高百歲幼年搭富連成科班學藝。後拜周信芳（麒麟童）為師。工老生。

1927 年參加由田漢組織的南國社，和田漢、歐陽予倩、洪深等人發起戲劇改革運動。曾與周信芳合演過話劇《雷雨》，與歐陽予倩合作，排演《武松與潘金蓮》。1947 年，與田漢、梅蘭芳、歐陽予倩、周信芳等聯合發起組織京劇改革促進會。1949 年 9 月，武漢市文化局派人，去長沙接請高百歲到武漢，參加籌備中南京劇工作團。該團於 1950 年 6 月成立，高百歲任副總團長兼第一團團長；後改為武漢京劇團，任團長。與高盛麟、郭玉崑、關正明、陳鶴峰

等長期合作，巡迴演出於全國各地，均獲好評。晚年致力於演出現代戲和新編劇目。曾任全國人大代表、中南戲曲學校校長、中國戲劇家協會理事、中國戲劇家協會武漢分會副主席等職。文革開始後，遭受迫害。1969 年 1 月 24 日含冤而死，終年 66 歲。

30. 裘盛戎

裘盛戎（1915～1971），原名裘振芳，北京人，著名京劇表演藝術家，裘派藝術創始人、北京京劇院奠基人之一。1952 年，獲第一屆全國戲曲觀摩演出演員一等獎。擅演劇目有《姚期》《將相和》《杜鵑山》等。

裘盛戎性格內向、憨厚，被人戲稱「傻子」，凡和他相處的人無不用兩個字評價他是個「大好人」。就是對曾經傷害過他的人，他也是以德報怨、寬厚包容。人們不但喜歡他的藝術，更讚譽他高尚的人品。

1966 年，裘盛戎被打成「反動藝術權威」，被抄家、批鬥，隔離審查，還遭受過愛徒的踢打，一直處在「控制使用」之中。不久，他被查出患有肺癌。由於在運動中受到迫害，肺癌不但沒有痊癒，而且轉移到了腦部。在病痛折磨下，裘盛戎瘦成了皮包骨，眼睛也失去了往日的光彩。由於，頭部多次進行放療烤電，半邊臉都被「烤」成了深褐色。有時，裘盛戎在迷迷糊糊的昏睡狀態中度過，有時呼吸困難、痛苦得產生肌肉抽搐。於 1971 年歲末抱病離世。

31. 孫維世

孫維世（1921 年～1968），曾用名孫光英、李琳，四川南溪縣人，孫炳文的女兒，周恩來養女，有「紅色公主」之稱。她是新中國戲劇奠基人。五十年代，曾任中國青年藝朮劇院總導演。與著名表演藝術家金山結婚。

她的代表作品有話劇《保爾·柯察金》、《欽差大臣》、《萬尼亞舅舅》等。因為她在延安時，與江青素有積恨。文化大革命初起，江青便欲置之於死地。1967 年 12 月，江青以「特嫌」的罪名，把孫維世的丈夫金山投進了監獄。借搜查金山「罪證」之名，對孫維世進行抄家，抄走孫維世大量信件照片。1968 年 3 月 1 日深夜，又以「蘇修特務」的罪名，將孫維世逮捕，關進秦城監獄，定為「關死對象」。

是年 10 月 14 日，孫維世在獄中被活活打死。屍身布滿傷痕，冰冷的手銬腳鐐仍緊緊地鎖著她的四肢，頭顱中還被插進一根長長的釘子，時年僅 47

歲。「文革」結束後，在黨中央和許多主持正義的領導人的關心下，這位人民的藝術家才得以平反昭雪。

32. 言慧珠

言慧珠（1919～1966），原名義來，學名仲明；蒙族旗人，祖籍北京，著名京劇表演藝術家。其父系著名鬚生言菊朋。言慧珠家學淵源，12 歲從姜順仙、程玉菁等學藝。藝成登臺，初演《扈家莊》一泡而紅。後相繼在上海、天津演出，成為享譽南北的大角。1943 年，拜梅蘭芳為師，得到實授真傳。其代表作有《西施》、《太真外傳》、《生死恨》、《春香傳》、《霸王別姬》、《鳳還巢》等劇。五十年代，曾為梅蘭芳先生電影藝術片配演《遊園驚夢》，與俞振飛合演電影崑曲藝術片《牆頭馬上》。

由於她個性較強，自視過高，不善與人合作，建國後備受同仁排擠。1957年，險些被劃成右派。後被上級安排在上海戲曲學校執教。1960 年，同俞振飛結婚。

1964 年，江青親自掛帥，擊響了大演現代戲的鑼鼓。言慧珠特意排演了反映抗美援朝的現代戲《松骨峰》。江青得知後：「叫言慧珠別演啦！好好閉門思過，休想到我這裡沾邊！」從此，言慧珠再也沒有機會登臺。

1966 年，「文化大革命」爆發，俞振飛與言慧珠作為上海戲曲學校的兩大領導，首當其衝受到衝擊。面對洶湧的大批判，夫妻二人垂眉低首，常常在院子裏一站就是幾小時。他倆還被罰清掃廁所。因俞振飛平素為人和藹，能隨遇而安，日子並不太難過。但對言慧珠就完全不同了，她平時鋒芒畢露，本來對她有好感的就沒幾個人。如今，原本光彩奪目的她落魄到勞動改造的地步，怎不令人洩恨？造反派只要見她直直腰，稍息片刻，就會引來大聲責罵。造反派先後數次對她的住所「華園」，進行了毀滅性的抄家。他們把言慧珠塞在燈管裏、藏在瓷磚裏、埋在花盆裏的鑽戒、翡翠、美鈔、金條、存摺全部掏了出來。言慧珠一生唱戲的積蓄，頃刻成空。言慧珠再也沒有求生的欲望了，是夜，她用了一條演《天女散花》時用過的白綾，自縊在自己的衛生間內。了結了坎坷而多姿的一生。

33. 侯喜瑞

侯喜瑞（1892～1983 年），著名京劇表演藝術家。北京人。幼入喜連成科班喜字科，從蕭長華、韓樂卿學架子花臉。出科後拜黃潤甫為師，深得實授，

頗能再現黃派的神韻。他曾與楊小樓、高慶奎、梅蘭芳、荀慧生、程硯秋、尚小雲、孟小冬等眾多名家合作，並在富連成社擔任武生淨行教師。晚年，他在中國戲曲學院、北京市戲曲學校任教，許多學生都得到他的教益。

　　侯喜瑞一生在舞臺上塑造了許多栩栩如生的藝術形象。做到「裝龍象龍」，型「發之於內而行於外」。侯喜瑞有「活曹操」之稱，他幾十年扮演曹操的舞臺形象，可以說出神入化，活靈活現。

　　1966 年 8 月 23 日，北京市文化局和「文學藝術家聯合會」的作家、藝術家們遭到批鬥。74 歲的侯喜瑞也被紅衛兵拖到文廟，頭上套上一塊寫著他的名字和罪名的牌子。紅衛兵在院子裏架起了一個大火堆，焚燒戲劇服裝和書籍，烈焰熊熊。口號震天：「打倒反革命黑幫！」「打倒反黨份子侯喜瑞！」「侯喜瑞不投降，就叫他滅亡！」等等。共計 29 人的「黑幫」們，被強迫在火堆前圍成一圈跪下，以頭觸地。紅衛兵拿來舞臺道具木刀、長槍和金瓜錘，對這幫「牛鬼蛇神」劈頭蓋臉地亂打。有的紅衛兵解下腰間的軍用銅頭皮帶，狠狠地抽打他們。當時正值盛夏，人們身穿單衣，銅頭皮帶打下去，一下一塊血漬，打得衣服的布絲都深深嵌進肉裏。如此，一連毒打和折磨了三個多小時。

　　待到滿身是傷的侯老蹣跚地走回他家的胡同口時，眼前的情況讓他大驚失色。他的老妻已被街道的紅衛兵以莫許有的罪名，打死在自家的門首。這件悲劇，由侯老的弟子趙致遠寫在了《我的三位老師：侯喜瑞裘盛戎侯寶林》（2006 年 1 月文化藝術出版社出版）一書之中，今日讀來，令人黯然。

34. 老舍

　　老舍（1899～1966），北京滿族正紅旗人。原名舒慶春，字捨予，筆名絜青、鴻來等。舒捨予的名子，含有「捨棄自我」的意思。他是中國現代小說家、也是新中國第一位獲得「人民藝術家」稱號的作家。他一向稱自己的作品是「遵命文學」。代表作有《駱駝祥子》、《四世同堂》，話劇《茶館》和《龍鬚溝》。

　　文化人革命爆起，老舍被打為「反革命黑作家」，也是「寫小說反黨、寫戲反黨的老手」。1966 年 8 月 24 日，在文廟遭到紅衛兵的批判和毒打。此後，又被拖上卡車回到文化局機關，繼續遭打。其中，還有人當場站出來，批判老舍拿了美金。當時，主持文化局工作的浩然，指使紅衛兵將老舍送交公安局法辦。半夜公安局將之放回。並且命令他，第二日仍去機關接受「批鬥」。

老舍被逼無奈，於 8 月 24 日夜，含冤自沉於北京太平湖。1978 年，老舍得到平反，恢復「人民藝術家」的稱號。墓碑上刻著老舍的一句話：「文藝界盡責的小卒睡在這裡。」

35. 白雲生

白雲生（1902～196），原名瑞生，河北安新縣馬村人氏。自幼入私塾讀書，1920 年考入榮慶社，從白建橋、白雲亭學習崑曲。學成，深得崑曲名宿王益友喜愛，收為弟子，傾囊相授，改演小生，更具光彩。自此，與韓世昌結為珠聯璧合的一對好搭檔。後又拜在京劇名宿程繼先先生名下，技藝大進。由於他有深厚的功底，《八大錘》、《群英會》、《朱仙鎮》等戲，頗受讚譽。1928 年秋天，白雲生與韓世昌率 20 多位崑曲名角，應邀赴日本演出，每場座無虛席，受到觀眾的熱烈歡迎。

1936 年，白雲生與韓世昌隨祥慶社到南方各省進行巡迴演出，足跡遍及江南六省及諸多大城市，影響很大，是北方崑曲劇團向南方傳播的一次壯舉。但由於盧溝橋事變，演出只得草草收場。此後八年抗戰期間，白雲生蟄居北京，靠教戲維持全家生計。他曾在中山公園「打牲亭」內擺設茶座，印些戲詞，邊賣茶邊贈戲詞。他一邊演唱一邊講解，招來遊客絡繹不絕，甚至戲曲同人及票友也常到此參加演唱。

解放後，白雲生被聘任到中央實驗歌劇院工作。曾為戴愛蓮主演的古典歌舞劇《寶蓮燈》任執行導演。1957 年，參加北方崑曲劇院，在保存和發揚傳統崑曲方面做出了重大貢獻。但因他不懂政治，言語不順，被文化部內定為「右派分子」，免去了副院長職務。1964 年，因為他導演了《李慧娘》一劇，遭到嚴厲批判，在北崑劃為另類。

文革起時，白雲生被打成專導「反黨戲劇」的「反動學術權威」。8 月 24 日，他在文廟裏也遭到紅衛兵的批判和毒打。此後，關入牛棚，勞動改造，被「專政」了數年。好容易熬到 1972 年 8 月 4 日，文化局宣布他被「解放」。但由於興奮過度，心臟停止了跳動。結束了他為繼承和弘揚古典崑劇藝術鞠躬盡瘁的一生。

36. 焦菊隱

焦菊隱（1905～1975），天津人，是一位傑出的戲劇家和翻譯家，也是北京人民藝術劇院的創建人和藝術上的奠基人。

他從青年時代起，就從事進步的戲劇活動。1930 年創辦了「中華戲曲專科學校」並任校長，致力於中國戲曲研究及教學改革。1935 年，他留學法國，曾獲巴黎大學文學博士學位。回國後，繼續從事戲劇教學和導演工作。新中國成立時，任北京師範大學文學院院長。1952 年起，調任北京人民藝術劇院副院長、總導演和藝術委員會主任。1958 年，導演了《茶館》、《蔡文姬》、《膽劍篇》、《武則天》、《關漢卿》等戲。在這些劇目的排演中，焦菊隱把斯坦尼斯拉夫斯基體系的思想，與中國戲曲藝術的美學原則，融匯於導演創造之中，逐步形成了自己的導演學派。

1966 年文革初期，焦菊隱一夜之間被打倒，扣上「反動權威」的大帽子。無休止的批鬥，家被多次查抄，多年保存的書籍文物大量流失，而批鬥也不斷升級。他被囚禁在人藝北四樓排演場的大牛棚內，不准外出。文革運動終止了焦菊隱的學術進程，摧毀了他的一切夢想。在生命的最後十年裏，他被剝奪了創造和言說的權利，變成了一個幾乎不會說話的人。1975 年 2 月 28 日凌晨，焦菊隱抱病離開人世。

37. 張德成

張德成（1888～1967）著名川劇表演藝家。四川自貢人，七歲即搭班學藝，先後拜宗吉山、黃炳南為師，並受到川劇名宿曹俊臣、彭華廷的提掖，藝事日進。三、四十年代輾轉演出於重慶、成都各地，以其精湛的技藝、一絲不苟的表演，贏得極高聲譽。他的嗓音清亮，唱腔高亢圓潤，做功傳神，擅長塑造具有民族氣節的人物形象。抗日期間，他以高亢的愛國熱情演出了《柴市節》、《揚州恨》、《藍關走雪》、《緋袍記》等戲，深得業內外人士的敬重。

解放後，年已花甲的張德成以飽滿的熱情，為繁榮川劇舞臺而忘我工作。歷任四川省川劇院院長、四川省川劇學校校長、重慶市戲曲工作委員會副主任委員兼市川劇院院長等職。晚年編著《川劇高腔樂府》、《川劇內影》等近百萬字的巨著，對川劇高腔曲牌的源流、規格、性能作了詳盡的論述，這在川劇史上是一個空前的創舉。

然而，張德成這樣一位德高望重的一代宗師在「文革」中，也被打成「反動的學術權威」，年近九十高齡，在被批鬥中迫害致死。

38. 李再雯

李再雯（1922～1967），祖籍山東，藝名筱白玉霜，著名評劇表演藝術家。

他 5 歲隨父親從天津逃荒到北京，賣給了著名評劇演員、白派創始人白玉霜做養女。在演出實踐中，她掌握了白玉霜的唱腔和表演技巧。16 歲接替母親擔任主演，藝名「筱白玉霜」，受到廣大觀眾的歡迎。筱白玉霜音色純正，音域寬廣，行腔柔潤平穩，形成了韻味醇厚、樸素大方的演唱特色。

1953 年，筱白玉霜加入中國評劇院，在演出劇目上，堅持古裝戲和現代戲同時並舉。《朱痕記》、《鬧嚴府》、《杜十娘》都是她的拿手戲。她演出的《秦香蓮》拍成戲劇電影在全國放映。

文革初期，筱白玉霜被打成「反動權威」，遭到殘酷的批鬥。她不甘其辱，於 12 月 21 日服了大量安眠藥自盡。人民醫院不予搶救，死於醫院門口。手中還緊握一張字條，上寫「我沒有文化，你們不要欺負我！」

39. 竺水招

竺水招（1921～1966），原名竺雲華，浙江嵊縣靈鵝村人，著名越劇表演藝朮家，越劇「竺派」創始人。竺水招的表演凝重深沉、儒雅大方，功底紮實，戲路寬廣，能生能旦、能文能武，唱腔質樸細膩，柔中帶剛，在越劇界獨樹一幟，是「越劇十姐妹」中的一員。

1951 年，為了支持抗美援朝，參加義演，捐獻飛機，弘揚了越劇姐妹的愛國主義精神。五十年代，竺水招在南京組建越劇團，演出了一大批宣揚愛國主義歷史劇如《桃花扇》、《孔雀膽》、《蔡文姬》、《紅樓夢》等。在長期舞臺實踐中，形成了淳樸大方、含蓄委婉、高雅脫俗的藝術個性。但在猝不及防的十年動亂中，竺水招蒙受了巨大的災難。他被打成「文化特務」，在無休止的殘酷毒打折磨中，竺水招於 1968 年 5 月 26 日，用水果刀切腹自殺。其慘狀，令人不堪回首。

40. 尹桂芳

尹桂芳（1919～2000），原名尹喜花，浙江新昌人，越劇尹派藝術創始人，被觀眾稱為「越劇皇帝」。

尹桂芳 10 歲嵊縣學藝，後改入醒獅劇社、大華舞臺跟班。出科後在江浙一帶演出，已享盛譽。1946 年，在上海創建芳華越劇團，1959 年遷往福建。歷任劇團團長，中國文聯第四屆委員，中國劇協福建分會副主席。

尹桂芳一生演過上百個劇目，曾在《紅樓夢》、《西廂記》、《沙漠王子》。《屈原》、《江姐》等劇目中，成功塑造了多個經典藝術形象。她在繼承傳統

的基礎上，博採眾長，創立了獨樹一幟的尹派。文化大革命期間，慘遭抄家、批鬥、扣工資。常年處於極其惡劣的生活環境中，加之非人待遇，對她的身體所造成的嚴重的侵害，尹桂芳中樞神經損傷，一手一足癱瘓，再也無法登臺。粉碎「四人幫」後，尹桂芳帶病恢復了「芳華」。

41. 蘇育民

蘇育民（1917～1966），著名秦腔表演藝術家，秦腔「蘇派」創始人。原籍陝西商縣，生於西安市。又名三意，號勇三。係秦腔三意社創始人蘇長泰之子。自幼隨三意社跟班學藝。1937 年，出任三意社社長，主理社務，兼任演員。蘇育民性格沉默寡言，儀態嚴肅，舞臺上善於揚長補短，鑄就一身藝才。解放後，在全國戲劇匯演中榮獲演員一等獎。曾擔任全國政協委員，西安市人大代表。

文革爆起之時，任西安市秦腔劇院副院長，中國戲劇家協會理事。被造反派揪出，打成「反動學術權威」和「三反分子」，「專演壞戲，毒害人民」，遭到殘酷批鬥，被毆身亡。死時 49 歲。

42. 顧月珍

顧月珍（1921～1970），著名滬劇表演藝術家。生於上海，原為棄嬰，被顧姓竹匠收養，學唱申曲。長成後，以一曲《良彥哭靈》走紅上海。18 歲加盟文濱劇團，以扮演《姊妹花》中人物一舉成名。隨後，創辦新聲劇團，成為滬劇舉足輕重的知名演員。

解放後，她帶頭排演現代戲，是第一個將共產黨人形象搬上滬劇舞臺的滬劇演員。1954 年主演《趙一曼》，參加華東區戲曲觀摩演出大會獲演員一等獎。此後，排演了一系反映現代生活的戲，如《王貴與李香香》、《天亮前後》、《好媳婦》、《桃李滿天下》、《母與子》等等。文化大革命開始後，劇團停演解散。她本人被拉出來揪鬥，誣為「三開人物」和「反革命黑線人物」。於 1970 年被迫害致死。「四人幫」被捕後，才獲得平反。

43. 筱愛琴

筱愛琴（1928～1968），原名吳彩珍，江蘇揚州人。幼年隨母來滬謀生。10 歲進婉社兒童申曲班學藝。後在文濱、中藝等劇團擔任演員。1952 年，參加上海滬劇團，先後在《白毛女》、《羅漢錢》、《雷雨》、《楊乃武與小白菜》、《母親》等劇中，扮演重要角色，給觀眾留下深刻的印象。筱愛琴的表演感

情真摯、樸實細膩，唱腔清麗流暢，善於表現人物豐富複雜的精神世界。

1952 年，曾獲第一屆全國戲曲觀摩演出大會演員二等獎，代表上海人民滬劇團赴京出席全國文教戰線群英會，還擔任過上海市政協委員、市婦聯執行委員等職。

她在 1953 年曾加入過民主同盟會，這一點竟成了她抹不掉的污點。文化大革命中，她被揪了出來，誣有「反革命歷史問題」，是「混入革命隊伍的蛀蟲」。在殘酷的迫害和打擊下，1968 年的一天慘然離世，其時正是她 40 歲的生日。1978 年，上海市文化局為其平反昭雪。

44. 韓俊卿

韓俊卿（1916～1966）。著名河北梆子表演藝術家。河北獨流縣人，自幼家貧學藝。1929 年，加入天津郝老成梆子班，演於天津、河北一帶各大戲院，頗享盛名。韓俊卿的表演細膩傳神，唱腔低回婉轉，吐字清晰，依自身條件形成定調低、唱腔低的藝術特色。世稱「韓派」。她擅演劇目有《秦香蓮》、《孔雀東南飛》、《打金枝》等。1952 年，獲第一屆全國戲曲觀摩演出演員一等獎。1958 年，出任天津河北梆子劇院副院長和小百花劇團團長。生前歷任全國政協委員、中國戲劇家協會理事、劇協天津分會副主席。

在「文革」初期，她經受了多次批鬥、遊街，脖頸上掛著「假權威」、「假勞模」的大牌子。她小時候多受苦難，且不幸纏足。造反派當眾逼她脫下鞋襪，露出「小腳」，又逼她走煤碴路，雙腳磨得鮮血淋淋。韓俊卿回家後，當即喝了敵敵畏，她唯恐自己死不快，死不了，又吞了一大包火柴頭！就這樣慘死家中。1978 年方得昭雪，10 月 28 日天津市委為其舉行了追悼大會。

45. 丁果仙

丁果仙（1909～1972），原名丁步雲，藝名果子紅。宣統元年出生於河北省束鹿縣一個錢姓貧苦農民家中，小名「果子」。

丁果仙三歲喪父，被賣與山西太原的丁家。七歲開始學藝。始學青衣，後改鬚生，十三歲正式登臺演出。以往在晉劇還沒有女扮男裝的先例，丁果仙一心想打破常規，要以一個男子漢的形象出現在舞臺上。為此，她經過許多艱辛的磨煉，終於在她十七、八歲時一唱成名。她的唱腔圓潤豪放，不帶女腔女調，表演灑脫逼真，不帶女相。曾獲得「鬚生大王」的稱譽，名馳海內。創造了獨具一格的「丁派」藝術。代表作有《空城計》、《捉放曹》、《太白

醉酒》等戲，塑造了一批儒雅俊逸的人物形象，顯露出很高的藝術造詣。解放後任太原晉劇團團長。

　　丁果仙不僅是一個傑出的表演藝術家，還是一位卓越的藝術教育家。1962年，她捐資創建了山西戲曲學校，並兼任校長。那些在戲校學習的孩子，大都成了戲劇團體的骨幹。1966年，年近花甲的丁果仙，患有嚴重的肺氣腫病，時常力不能支，行動不便。但是「文革」的暴風驟雨依然無情地摧殘著她。終日批鬥、檢查，折騰得她日不能歇，夜不能眠。終於在1972年2月16日凌晨，在山西第一附屬醫院黯然逝去，走完了她63年的人生里程。一輛木製的小平車將她的遺體拉回到家裏後，草草埋葬。

　　粉碎「四人幫」後，政府為丁果仙徹底平反。1981年1月14日，在太原雙塔寺烈士陵園，為其舉行了隆重的骨灰安放儀式。

46. 閻逢春

　　閻逢春（1917～1975），著名蒲劇表演藝術家。名代蓉。山西運城縣人。出身蒲劇世家。他十五歲隨父學戲，一年後便登臺演出。長成後尋師訪友，技藝大進，以唱腔，表演獨特而自成一派。閻逢春首創帽翅功，精研髯口功，梢子功、靴子功，在蒲劇表演史上堪稱獨步。1957年，任山西運城蒲劇劇團團長、晉南蒲劇團副團長、山西省及中國劇協理事。

　　文革中，他以「反對現代戲」、「對抗運動」罪名遭受揪鬥。毆打和迫害，被關押牛棚。定性為「反革命分子」，開除黨籍和公職，停發工資，送回原籍勞動改造。為了維持全家生活，他到砸石場砸石頭，以繁重的體力勞動，換取微薄的報酬。1974年5月才被召回劇團，但已身心交瘁、百病纏身。1975年一日，團裏為別人落實政策，在座的閻逢春一時衝動，中風去世，終年58歲。十天以後，團裏才為他平反、落實政策。但人已駕鶴西去，永不回頭了。

47. 徐紹清

　　徐紹清（1907～1969），湘劇表演藝術家。長沙府瀏陽人。12歲學戲，已成俊才。在幾十年的舞臺生活中，始終注重人物感情的塑造，所飾《琵琶上路》中的張廣才，《思妻》中的潘葛、《生死牌》中的況鍾等人物形象，深受觀眾喜愛。中年以後，鑽研湘劇高腔音樂，兼習編導，整理過《琵琶記》等傳統劇目。抗日戰爭時期任湘劇抗敵宣傳第二隊領導。

中華人民共和國成立後，任湖南省湘劇院副院長、中國劇協湖南會副主席等職。著有《我學湘戲》、《湘劇高腔探索》等書。文革中遭受迫害，1969 年 3 月 24 日，在一場激烈的批鬥中，突發腦溢血逝世，終年 62 歲。

48. 蔡尤本

蔡尤本（1889～1974），晉江東石人。小時家貧，9 歲賣身小梨園戲班學戲，並在戲班打雜。尤本立志當戲班師傅，每當戲班演出和師傅教戲時，都在一旁偷學，學會小梨園大部分劇目。1914 年，正式拜「七子班」名宿周南為師，學習「正鼓」（即教戲師傅）。此後，長期從事戲曲教學，從教 35 年，弟子過百。

1951 年，尤本參加晉江縣大梨園實驗劇團，後合併轉入閩南實驗劇團，任團長。經他口述記錄的小梨園劇目達六十萬言。其中有《陳三五娘》、《蔣世隆》、《朱弁》、《郭華》等古典劇目教習的全部唱腔、科步。1954 年，根據他口授整理的傳統劇目《陳三五娘》參加華東區第一屆戲曲會演，獲得大會全項大獎，後拍成電影，使梨園戲這一古老劇種聞名全國。

1956 年，推任中國戲劇家協會常務理事、中國劇協福建分會副主席等職。同年，經他提議創辦梨園戲演員訓練班，他兼任班主任。「文革」期間，備受批判，被押解還鄉。1974 年抱病逝世，時年 85 歲。

49. 劉成基

劉成基（1905～1976）著名川劇表演藝術家，在戲曲界享有盛名。他以擅演袍帶丑著稱，功底深厚，程序嚴謹，善於運用傳統表演手法刻畫各種類型的人物，從帝王公卿到販夫走卒，各具特色。

建國後，他主要從事導演和培養青年演員的工作，先後排了《柳蔭記》、《鬧齊廷》、《鴛鴦譜》、《丁祐君》、《許雲峰》等戲。在影片《鴛鴦譜》中飾喬太守並任該片藝術顧問。曾任成都市川劇院副院長兼藝術委員會主任。著有《川劇丑角表演程序》、《劉成基舞臺藝術》。文化大革命爆起時，他已到了退休的年齡，但被打成「反動學術權威」，被造反派揪出批鬥。從此抱病，深居簡出，抑鬱而終。

50. 韓世昌

韓世昌（1898～1976），出生在河北省一個貧苦的農民家庭，小名四兒。他年滿 12 歲時送入本村的戲班慶長班學戲。一年後轉入榮慶名社，開始登臺

唱戲，成為河北一帶新興的崑曲名角。1917 年冬，迫於河北災荒，隨榮慶社到北京在天樂園演出。拜名宿吳瞿庵和趙子敬門下學藝，經這兩位名師指點，韓的唱功演技更趨精進，被譽為崑曲大王，紅極一時。

1928 年秋，韓世昌率 20 多位崑曲名角，應邀赴日本演出，每場座無虛席，受到日本觀眾的熱烈歡迎。盧溝橋事變之後，市面蕭條、崑曲式微，觀眾日見稀少。韓世昌便離開舞臺，蟄居天津，靠教戲維持全家生計。

1949 年全國解放，韓世昌又獲得了新生。52 歲時被聘為人民藝術劇院的教員，傳授崑曲表演藝術。1952 年，重新登臺，與白雲生、梅蘭芳合作，獻身祖國的崑曲事業。1957 年，北方崑曲劇院正式成立，韓世昌任院長。主持排演了《桃花扇》、《李慧娘》等劇。但都遭到了批判和政治上的打壓。

1966 年 7 月文革突起，韓世昌被打成「反動權威」，遭到批鬥。接著又翻出了他去日本演出的舊事，命他交待「與日本勾結」的罪惡歷史。加之他呼籲組建的北方崑曲劇院奉命解散，在這多重的打擊之下，韓世昌一病不起，1976 年 12 月 7 日，這位一代崑曲師因病與世長辭，終年 79 歲。

51. 新鳳霞

新鳳霞（1927～1998），原名楊淑敏，小名楊小鳳。祖籍江蘇，天津人。著名的評劇表演藝術家，評劇「新派」創始人。新鳳霞 6 歲學唱京劇，13 歲改學評劇，15 歲便擔任了主演。解放後，加入中國評劇院，擔任主要演員。主要作品有《會計姑娘》、《春香傳》、《乾坤帶》、《金沙江畔》、《三看御妹》等。尤其《劉巧兒》和《花為媒》拍成戲曲電影後在全國放映，幾度掀起了全國的「評劇熱」。

新鳳霞的丈夫是著名的劇作家和導演吳祖光，他在運動中被打成右派，押往北大荒勞教三年。新鳳霞也成了評劇院內定的右派。白天挨批鬥，晚上唱戲，從舞臺上下來，就要去刷馬桶。好容易等了三年，把丈夫從北大荒等回來，還沒有喘息的機會，接著「文革」。吳祖光再次被揪了出來，新鳳霞也一起受到牽連。除了被痛打批鬥，她還被剝奪了做演員的權力，身心都受到了很大的摧殘。導至半身癱瘓，再也不能登臺唱戲。

直到 1979 年，被折磨了二十二年的新鳳霞，等來了「平反」，承認她是一個沒有罪的藝術家。1998 年 4 月 12 日，新鳳霞在江蘇省常州逝世，享年71 歲。

52. 黎國荃

黎國荃（1914～1966），著名音樂家。原籍遼寧，生於北京一職員家庭。1932 年入私立北京美術學校音樂系學習音樂，後又入杭州國立藝術專科學校音樂系進修。自 1938 年起，先後在重慶中央電臺樂隊、國立歌劇學校、國立音樂院實驗管絃樂團、中華交響樂團、永華電影公司樂隊等單位任首席小提琴、獨奏員和講師、副指揮等職務，並在陶行知創辦的育才學校音樂組兼任主任。1949 年，從香港回到北京，歷任中央歌劇舞劇院管絃樂團指揮、團長和中央歌劇舞劇院副院長等職，並被選為中國音樂家協會常務理事。其作品有《金蛇狂舞》、《牧羊姑娘》、《漁舟唱晚》等。他參與創作與錄製的電影《上甘嶺》插曲《我的祖國》等，成為影響一代人的經典。1964 年，黎國權成功擔任了音樂舞蹈史詩《東方紅》指揮組組長。

文革初期，黎先生受到嚴重衝擊。1966 年 8 月 26 日，在劉慶棠主持的一次批鬥會上，批他反對革命芭蕾舞劇《紅色娘子軍》和《白毛女》，是一個「歷史反革命」。因其無法忍受誣陷和污辱，懷著巨大的悲憤與失落懸樑自盡。表現了「士可殺而不可辱」的浩然氣節。

53. 上官雲珠

上官雲珠（1920～1968），江蘇蘇州人。著名電影演員，曾在《烏鴉與麻雀》、《早春二月》等片中飾演主要角色。是紅極一時的電影明星。1949 年後，在上海電影製片廠工作。曾六次在中南海受到毛澤東接見。為之引起江青的醋意。文革爆起後，江青蓄意加害，唆使造反派逼她交待如何誘惑偉大領袖。上官雲珠不堪其辱，於 1968 年 5 月跳樓自殺。

54. 顧而已

顧而已（1915～1970），江蘇南通人。著名電影藝術家。執導過《小二黑結婚》、《天仙配》等影片。文革中，因在 30 年代與江青（藍蘋）有過交往，瞭解她的婚姻歷史，因而備受迫害。抄家、毆打、遊鬥，無休無止。1970 年 6 月 18 日，在五七幹校自縊身亡。

55. 嚴鳳英

嚴鳳英（1931～1968），安徽桐城人。著名的戲曲表演藝術家，以主演黃梅戲《天仙配》而聞名全國。文革中，她被指為「文藝黑線人物」、「宣傳封資修的美女蛇」，並被誣蟻為國民黨潛伏特務，屢遭殘酷批鬥。1968 年 4 月 7 日

夜，她服用大量安眠藥自殺身亡。

　　據作家閻麗秀撰文記述：嚴鳳英死後不到一個小時，軍代表劉萬泉說：「嚴鳳英自絕於人民，她的死有不少疑問，有人檢舉她是國民黨特務，是奉了上級命令自殺而死的，所以要剖開她的肚皮挖出她的內臟，檢查她肚子裏的特務工具！」當時醫生一聽嚇壞了，差點癱在地上。連忙推託說：「革命領導同志，俺只會按照醫書上的步驟給病人開刀治病，開膛剖肚的事俺還真沒有學過，那是法醫做的事。」軍代表劉萬泉大怒：「你是個甚麼東西！不就是叫你找她肚裏的發報機嗎？你怎麼這點革命立場也沒有？開刀、開膛不都是開嗎？你想同情反革命？」迫於軍代表的淫威，那個雙腿打軟的醫生戰戰兢兢地找來一把醫用斧頭，當著眾人面把死去的嚴鳳英的衣服剝去，然後就像殺豬那樣，照准嚴鳳英的咽喉「喀嚓」一斧子劈下去，再左一刀右一刀地斷開她的所有胸骨，然後掀開肚皮。看著嚴鳳英的裸露著的全身和血淋淋的內臟，那個軍代表劉萬泉越發得意。接著，就叫那個醫生翻遍五臟六腑找發報機和照相機，連腸子都給翻過來。除了找到了一百多片安眠藥外，醫生另外就是發現了她五臟嚴重下垂，心、肝、脾、肺、胃都不在其位。這當然是「鬥爭」的結果。其他什麼也沒有找到。軍代表不滿意，下令那醫生繼續「深挖」。最後，醫生一刀劈開嚴鳳英的恥骨，膀胱破裂了，死者的尿噴了出來。軍代表這時才狠狠地說：「嚴鳳英，我沒看過你的戲，也沒看過你的電影，今天我看到你的原形了！」這是在文革中戲曲界受到殘酷迫害的無數事例中，最為慘烈的一大事件。

　　作者憤憤地指出，這位軍代表名叫劉萬泉，一九三八年在四川出生，1967年底以部隊軍代表的身份，被派到安徽合肥的黃梅戲團「支左」。嚴鳳英被他折磨慘死之後，這個惡魔竟被評為「活學活用毛主席著作積極份子」。「文革」後，此人也未反思，也未被追究法律責任，至今還逍遙自在的活著，他的身份證號碼是 36010219380805XXXX。作者之所以在文後，特別標出他的身份證號，就是讓世人永遠把他釘在恥辱柱上。……

　　中國有句古話：「十年河東，十年河西」。果不其然，歷經「十年浩劫」之後，很多事情又被翻了過來，文藝界、戲劇界更是如此。先是只准演革命樣板戲，全面禁演古裝戲。八齣樣板戲一唱就是十年，凡是反對者，提出異義者，不是被揪鬥抄家，就是被整得上弔自殺。而十年之後，「四人幫」被捕了，古裝戲又復甦，而樣板戲又禁唱了（到八零年才陸續解禁），樣板戲的編劇、

主演統統進了學習班，讓他們交待與江青、「四人幫」的關係。不少當紅的編劇和演員還因此進了牢獄，甚至自我了斷，重演他人演過的悲劇。嗚呼！戲劇一旦陷入政治的泥潭，這裡的是是非非就很難講清楚了。

記得湖北通城古戲臺上有付對聯寫道：「過眼總皆空，看歷朝幾人稱帝，幾人稱王，迄今春夢無痕，只落得數聲檀板？」下聯寫：「到頭都是戲，笑斯日曰利吾家，曰利吾國，畢竟前程有限，僅演了一齣梨園。」為求《禁戲之殤》前後完整，特將文革反正後，幾位曾經紅極一時的戲劇紅星的不幸，亦簡述如下。

56. 錢浩梁

錢浩梁（1934～2020），著名京劇表演藝術家。原籍浙江紹興，生於上海。其父錢麟童，是上海新華京劇團麒派主演。錢浩梁 1943 年進入上海戲曲學校學習，取名錢正倫。解放後，轉入中國戲曲學校學習。受過老一輩藝術家尚和玉、王連平、李少春等名家親炙，未出科時，已有龍鳳氣象。所演《挑滑車》、《伐子都》深受內外行一致贊許。

錢浩梁在現代戲《紅燈記》中扮演李玉和，受到江青的器重，並為其更名為浩亮。《紅燈記》拍成電影，稱為樣板，全國觀摩。後來，又任命為中國京劇院革委會領導，兼任院黨委副書記。七十年代，提拔為中央文化部副部長，開始參與國務院文化組對全國文藝的領導工作。家也搬進了原京劇大師梅蘭芳的寓所。可謂炙手可熱、權傾一時。「四人幫」被粉碎後，錢浩梁被認作「四人幫的爪牙」，投入監獄進行審查。最後被定為「犯有嚴重政治錯誤，免於起訴」。1982 年初才恢復人身自由，成為無單位的自由職業者。後為河北戲校收留，成為武戲教師。在 2014 年的一次演出中，忽然中風暈倒臺上。2020年 9 月 3 日，錢浩梁在北京逝世，享年 87 歲。但因女兒不在身邊，夫人曲素英年老多病且經濟拮据，無力安葬。2021 年，票友陳氏兄弟為其捐贈了墓地，方於 6 月 5 日在北京郊區安葬。

57. 于會泳

于會泳（1926～1967），山東省威海人。貧苦農民家庭出身。高小畢業後在本鄉小學任教。1946 年參加膠東文化協會文藝團，學會了譜曲、編導及多種民族樂器的演奏，並整理出版了《膠東民歌集》。1949 年，被選送到上海中央音樂學院音樂教育專修班學習，業務水平迅猛提高，1962 年，在賀綠汀的

推薦下，被任命為民族音樂理論系的副主任。

在全國大演現代戲的時代，于會泳在《上海戲劇》上發表了論文《關於京劇現代戲音樂的若干問題》，對京劇現代戲唱腔如何根據時代的需要，提出自己系統的思考。並創作了《智取威虎山》、《杜鵑山》等一系列優秀作品，得到江青的賞識，從而平步青雲。歷任中共九大、十大代表，國務院文化組副組長和文化部部長。1976 年 10 月，他被定為「江青反革命集團」成員，被隔離審查。在此期間，因不堪凌辱，於 1976 年 8 月 28 日夜服毒自殺。

58. 劉慶棠

劉慶棠（1932～2010），遼寧蓋縣人。16 歲的劉慶棠考入白山藝術學校，學習舞蹈。1956 年，劉慶棠被送到蘇聯深造，學習芭蕾舞。1959 年底，北京舞蹈學校實驗芭蕾舞團成立，排演芭蕾舞《天鵝湖》時，劉慶棠成為新中國第一代芭蕾演員。

文革開始後，劉慶棠參演的現代芭蕾舞劇《紅色娘子軍》，被江青指定為世界芭蕾舞壇上的一面戰旗。劉慶棠由中央芭蕾舞劇團核心小組副組長，升任為黨委書記。其後，在中共「十大」上成為中央委員，先是進入國務院文化組，1974 年，升任文化部副部長。

1976 年 10 月，「四人幫」被粉碎，劉慶棠隔離審查。因死不改悔，被判處有期徒刑 17 年，剝奪政治權利 4 年。他的妻子徐傑與他離婚，子女也同他脫離了關係。劉慶棠在獄中得了嚴重的靜脈曲張，提前保外就醫。回到老家，因癌症不治，於 2010 年 5 月 2 日去世。

59. 李劫夫

李劫夫（1913～1976），原名雲龍，吉林農安人。是一位著名歌曲作曲家，音樂教育家。1938 年加入中國共產黨。曾任冀東軍區文工團團員，東北野戰軍第九縱隊文工團團長，1948 年後任東北魯藝音樂部部長，東北音樂專科學校校長，瀋陽音樂學院院長。文革爆起之初，他譜寫了大批《毛主席語錄歌》，一下子流傳全國，工廠、農村的高音喇叭日夜不停地輪番播唱，為文化大革命極盡煽風點火之能事。成為不可一世的紅色作曲家。一度被江青聘為革命樣板戲的顧問。

後來，李劫夫竟鬼令至昏，開始攀附毛的接班人林彪，為其寫了《永遠緊跟林副主席幹革命》的頌歌。「九一三」，林彪死於溫都爾汗之後，劫夫作

為林黨份子被逮捕，隔離審查，備受凌辱。1976 年 12 月 17 日，李劫夫在獄中心臟病突然發作，逝於瀋陽，終年 63 歲。1979 年 11 月 20 日，遼寧省紀委作出決定：李劫夫積極投靠林彪反革命陰謀集團，問題性質是嚴重的，但考慮其全部歷史與工作，定為嚴重政治錯誤，不予翻案。

60. 洪雪飛

洪雪飛（1942～1994），京安徽省歙縣人。1958 年入北方崑曲劇院。學習正旦。1966 年調入北京京劇團改唱京劇。1967 年，在現代戲《沙家濱》中飾演阿慶嫂的趙燕俠，因為一件毛衣的事情得罪了江青，被揪出批鬥，成了罪人，被迫輟演。洪雪飛主動請纓，要求頂替趙燕俠飾演阿慶嫂，果然一戰成功，樹立了阿慶嫂的樣板，被拍成電影，聞名全國。

「四人幫」被捕之後，《沙家浜》停演，洪雪飛也身受其累，被送進了學習班，接受審查。一年後得以解放，頗受冷遇，調回北崑工作。

文革後百廢待興，大家的收入都不高，文藝界「走穴」成風。1994 年 9 月 14 日，她背著單位，飛抵新疆烏魯木齊市演出，下飛機後轉乘麵包車開往 300 公里以外的克拉瑪依油廠，為該廠建立 40 週年紀念慶祝活動演出「智鬥」。到機場來迎接的中型麵包車一共六輛，她坐在第三輛中，駕駛這輛車的司機由於疲勞過度，途中遇一土包不及閃避，時速 110 公里的車子一下子跌進 3 米多深的溝裏，玻璃全部震碎，磕睡中的洪雪飛被撞暈厥，就再也沒有醒過來！時年 52 歲。

61. 齊淑芳

齊淑芳（1946～），上海人，出身京劇世家。幼時，便跟張美娟學習京劇和次武功，大哥齊英才是上海京劇院副院長，三哥齊英奇是劇院的武戲演員。加入上海京劇院時，她已是個文武全材、熱愛共產黨、不斷要求進步的好苗子。多次出國演出《火鳳凰》《盜仙草》等武戲，深受國內外觀眾歡迎。

文革之初，上海京劇院排演樣板戲《智取威虎山》，她在劇中飾演藏在深山老林裏，女扮男裝的苦孩子小常寶。她以滿腔激憤控訴舊社會對窮人的壓迫，謳歌共產黨搭救窮人的無限恩情，深受江青的讚揚。在排演另一齣樣板戲《盤石灣》時，院裏再一次委派她飾演一名女民兵連長。她為了完成黨交給的光榮任務，演好這個角色，正在懷有身孕的齊淑芳，毅然絕然地到醫院做了人流，打掉了自己的孩子。從此，齊淑芳再也沒要小孩。

　　粉碎「四人幫」後，上海京劇院內貼滿了大字報，說齊淑芳和她愛人龔國泰是文化部部長于會泳的探子，而成為「揭、批、查」的對象。文化部的辦公室裏，竟搜出某些人告他們夫婦打的小報告有 50 多封。

　　改革開放後的 1982 年，美國一位商人邀請上海京劇院青年演員到美國進行商業演出。齊淑芳等一行人在美國的演出快要結束時，全團演職員工 36 人集體叛逃，滯留美國不歸，這一反叛行為，在全國文化系統內，不啻是擲了一顆重型原子彈。國人聞知，莫不震驚。齊淑芳等人在鋼琴演奏家殷承宗的幫助下，都取得了美國「綠卡」。後來，齊淑芳在美國組建了自己的劇團，演出、授徒，繼續傳播京劇藝術。她很傲慢地說：「我在美國生活得很好，從不為此後悔！」

62. 宋玉慶

　　宋玉慶（1942～），出生於山東，工文武老生。他八歲進入山東省京劇院團帶班，邊學習、邊演出，成長為一位不錯的青年演員。

　　1964 年，劇院排演現代戲《奇襲白虎團》，參加了北京舉辦的京劇觀摩大會，他在劇中飾演解放軍連長嚴偉才。宋玉慶憑藉著對這個角色獨特的認識和精湛的演技，得到了大會的首肯。根據江青的指示，對此戲進行了再加工而成為一齣樣板戲，拍成電影放映，一夜之間風靡全國。劇中，嚴偉才有一段膾炙人口的精彩唱段——「打倒美帝野心狼」，蜚聲婦孺，成了當年「反對美帝國主義」的標準口號。從此，宋玉慶和這個角色，和這段名唱就綁在了一起。嚴偉才也成了「反美」的標準的英雄形象。

　　無論在哪個年代，人紅是非多。同樣，宋玉慶為此戲而紅，也為此戲而敗。打倒「四人幫」之後，宋玉慶在團裏的地位一落千丈。先是隔離審查，繼而勞動改造，最終淪落成團裏的臨時工，在大院裏他只能幹一些瑣碎的工作，像搬水泥、扛沙子、打掃衛生之類的活兒，就算不甘心，他又能怎樣？從小就熱愛京劇舞臺的他，此時，舞臺也放棄了他。時代給他帶來了光彩，也給他帶來了很多磨難。最終宋玉慶選擇了提前退休，帶著家人去了美國定居了。這一走便是很多年。

　　在美國，有的時候他也會接受邀請去登臺演出，但是，更多的時候都是他一個人到公園練嗓子、練練功。有好事者調況地問他：「咱們不是要打倒美國野心狼嘛？」宋玉慶全不為怪，只是搖頭一笑，說聲「人生如夢，過去的事兒就別提它啦！」

附錄：歷屆政府有關禁戲劇目的文件

清乾隆五十年（1785）上諭《禁秦腔》

議准：嗣後城外戲班，除崑、弋兩腔仍聽其演唱外，其秦腔戲班，交步軍統領五城出示禁止。現在本班戲子概令改崑、弋兩腔，如不願者，聽其另謀生理。倘於怙惡不遵者，交該衙門查拿懲治，遞解回籍。

——引自《欽定大清會典事例》

道光十二年（1832）告諭

《界牌關》羅通殉難，裸體蹶趨，《潯陽江》張順翻波，赤身跳躍，對叉對刀，極凶極惡，蟠腸亂箭，最狠最殘」，「梨園孽海、名教應除，法司當禁」。

——引金連凱道光原刊本《靈臺小補》，王利器編《元明清三代禁燬小說戲曲史料》

道光十六年（1836）《禁止演淫盜諸戲諭》

為諭止演淫盜諸戲。以正人心以消亂萌事。蓋聞聖王治人性情。必以禮樂。禮教起於微眇。而樂之感人尤深。優戲。亦樂類也。演忠孝節義之事。則愚夫愚婦。亦感激奮興。或歎息泣下。是有司教化之所不及施者。優戲能動之也。雖謂勝於古樂可也。演夭冶褻狎之狀。則靜女良士。亦蕩魂搖魄。不能自主私奔苟合之醜。往往緣此而成。是有司刑禁之所力為防者。優戲能敗之也。是甚於鄭聲之亂雅也。且演戲。以樂神也。神聰明正直。豈視邪色聽淫聲也者。非直不視不聽而已。必致反干神怒。凡水旱癘疫之不時祈禱之無應。安知非淫戲瀆神之所致哉。或者謂有元黃之正色。不廢紅紫。有松柏之貞姿。

不廢桃柳。凡忠孝節義與夫男女之悲歡離合。須相雜而成文。豈其事涉風流。在所必絕。然如折柳一曲。夫婦依依戀別。能增人伉儷之重。僕婢相窺。不及於亂。此所謂發乎情。止乎禮義者也。何不可娛心意。悅耳目。而乃必跳牆廟會。賣胭脂。備諸穢態乎。古者淫聲凶聲有禁。而當今功令。水滸一書。亦在禁限。蓋觀水滸者。至戕官篡囚。輒以為快。不知上下有定分。乃天經地義。父雖不慈。子不可忤。官雖失德。民不可犯。宋江等三十六人。橫行天下。一夕盡為張叔夜所殺。載在正史。凡為不軌者。可以鑒戒。今登場演水滸。但見盜賊之縱橫得志。而不見盜賊之駢首受戮。豈不長兇悍之氣。而開賊殺之機乎。案優伶為本學所統管。凡有點淫盜諸戲者。仰班頭即請更換。爾士民亦宜慎擇之。以助本學正人心。消亂萌而迓神貺。是所厚望。

——引《丙申四月容山教事錄》，余治輯《得一錄》

同治八年（1869）《翼化堂條約》

一梨園演劇。例所不禁。而淫戲害俗。則流毒實甚。特近世習俗移人。每逢觀劇。往往喜點風流淫戲。以相取樂。不知淫戲一演。戲臺下有數千百老少男女環睹群聽。其中之煽動迷惑者何可勝數。故欲為地方挽回惡俗者。宜以禁演淫戲為第一要務。

一地方迎神賽會。各業議規。必多演戲。原屬人情。特既一經開演。花費多少錢糧。耽誤多少工夫。哄動多少男婦。而不於此中多點勸善戲文以資感化。反任其扮演淫戲以惑我齊民。是何異買鴆毒以自戕其子弟耶噫。

一各處城鄉廟宇。多有戲樓。廟壁上必須立碑永禁點演淫戲。樓上不便立碑。或砌石入壁。或懸木榜。寫明奉憲示禁字樣。並書明如演唱一齣。定議扣除戲錢一千文。不准徇情寬貸。特強不遵者。稟官究責。

一《西廂記》《玉簪記》《紅樓夢》等戲。近人每以為才子佳人風流韻事。與淫戲有別。不知調情博趣。是何意態。跡其眉來眼去之狀已足使少年人蕩魂失魄。暗動春心。是誨淫之最甚者。至如《滾樓》《來唱》《爬灰》《賣橄欖》《賣胭脂》等戲。則人人皆知為淫褻。稍知自愛者。必起去而不欲觀。即點戲人亦知其為害俗而不敢點。則風流韻事之害人入骨者。當首先示禁矣。

一水滸一書。矯枉過正。原為童貫蔡京等作當頭棒喝。然此輩人而欲借戲文以儆之。則恐見而知戒者百無一二。而見而學樣者十有五六。即如《祝家莊》《蔡家莊》等處地方。皆屬團練義民。欲集眾起義剿除盜藪以伸天討者。卒之均為若輩所敗。而觀戲者反籍籍稱宋江等神勇。且並不聞為祝、蔡等莊

一聲惋惜。噫世道至此。綱淪法棄。而當事者皆相視漠然。千百年來無人過問。為可歎也。

一漢唐故事中各有稱兵劫君等劇。人主偶信讒言。屈殺臣下。動輒招集草寇。圍困皇城。倒戈內宮。必欲逼脅其君。戮其仇怨之人以洩其忿者。此等戲文。以之演於宮闈進獻之地。藉以諷人主。亦無不可。草野間演之。則君威替而亂端從此起矣。又戕官戮吏。如劫監劫法場諸劇。皆亂民不逞之徒目無法紀者之所為。乃竟敢堂堂扮演。啟小人藐法之端。開奸佞謀逆之漸。雖觀之者無不人人稱快。而近世奸民肆志。動輒拜盟結黨。恃眾滋事。其原多由於此。履霜集霰。發端甚微。而其禍直流於悖亂。司風教者何不一為圖度耶。

一元人百種傳奇。有傳有不傳。其傳者大都列入《綴白裘》。惜所選者大都沿於積習。不免瑕瑜參半。且多切於朝廟官紳一派。其可為閭巷小民說法勸誡者。寥寥無幾。徒有妙方。藥不對病。非徒無益而又害之。則《綴白裘》之急宜刪定。誠目前要務矣。

一盜皇墳乃大逆無道之事。偷雞乃下愚不肖之極。而出於《水滸》中所稱英雄好漢。無怪於學英雄好漢者多。而偷雞盜墳者之接蹤於世也。戲文中積習為常。大率如此。一為道破。能無怦然。

一奸臣逆子。舊劇中往往形容太過。出於情理之外。世即有奸臣逆子。而觀至此則反以自寬。謂此輩罪惡本來太過。我固不甚好。然比他尚勝過十倍。是雖欲儆世而無可儆之人。又何異自詡奇方而無恰好對症之人。服千百劑亦無效也。

一淫盜諸戲。最繫地方風化。宜約集耆老鄉董立議永禁。一鄉則責成鄉董。一族則責成族長。均須於廟宇公處。或祠堂善堂。立議永禁。如某族人有點演淫戲者。祠中究責以不孝論。不改者立加斥逐。

一《打店殺僧》。世人每樂點演。噫黑店殺人而食。世上必無此兇惡之輩。乃亦稱為梁山好漢。而所殺之僧又係欲滅梁山而伸大義者。乃亦竟為此輩所害。害矣而殺人者既逃王法又逭□誅。天理何在。此事尚可為訓耶。

一《打魚殺家》。以小忿而殺及全家。《血濺鴛鴦樓》等劇皆足使觀者稱快。然其主人固有可殺之罪。而其闔家中數十餘口何罪。諸如此類。皆作者欲圖快人意。信筆寫去。未及究其流弊耳。違法紀而熾殺心。更適足開武夫濫殺之風。破壞王法。端在於此。

——引自清余治《得一錄》

同治八年（1869）《永禁淫戲目單》

【凡其他新戲之近於調情密約者一概永禁不准點演】

晉陽宮、打花鼓、翠華宮、賣胭脂、打連廂、別妻、服藥、關王廟、葡萄架、翠屏山、困龍船、捉垃圾、思春、倭袍、蕩河船、賣甲魚、前後誘、拾玉鐲、打櫻桃、思凡、下山、打麵缸、鬧花燈、唱山歌、賣橄欖、賣青炭、借茶、三笑、賣草囤、紅樓夢、回斗關、財星照、端午門、遊殿、送柬、請宴、琴心、跳牆著棋、佳期、拷紅、長亭、齋飯、搬家、吃醋、挑簾裁衣、偷詩、三戲白牡丹、交賬、送禮、滾樓、月下琵琶、琴挑、追舟、私訂、定情、跌球、奇箭、送燈、嫖院、梳妝擲戟、修腳、捉姦、爬灰、搖會、戲鳳、墜鞭入院、亭會、秋江、弔孝、背娃、吞舟、醉妃、扶頭、種情受吐、勸嫖、達旦、上墳、賣餅、踏月、窺醉。

右誨淫各種戲文如敢點演立將班頭送官究責、或罰扣戲錢三千文、以儆將來。

——引自清余治《得一錄》

同治十三年（1874）一月十日《道憲查禁淫戲》

淫戲之能傷風化，固盡人而知者也，無如無畏，習慣使然，遽難禁絕。今道憲沈觀察，藉案欲挽頹風，行縣之檄文內開；查演唱淫戲，久干禁例。近來各國租界內，各戲館每有演唱淫戲，引誘良家子女，始優伶楊月樓，凡演淫戲，醜態畢露，誘人觀聽，以致作奸犯科，傷風敗俗，其此為甚。除楊月樓犯案由縣按例嚴辦外，此後各戲館如再不知悛改，仍演淫戲，應即查拿徵究，以昭炯戒等。因將淫戲名目，開單劄飭葉邑尊，並及租界之陳司馬，會同嚴切示禁，將告示實貼戲館，使之觸目警心，違即重究云。噫！此公之力圖整頓，亦煞費苦心矣。惟恐勸者諄諄，聽者藐藐耳。奉禁戲目列之如左：

「崑曲淫戲：《挑簾裁衣》《茶坊比武》《來唱》《下唱》《倭袍》《齋飯》；」

「京班淫戲：《翠屏山》《海潮珠》《晉陽宮》《梵王宮》《關王廟》《賣胭脂》《巧姻緣》《賣徽（灰）麵》《瞎子捉姦》《雙釘記》《雙搖會》《截尼姑》」。

——1874 年 1 月 10 日《申報》第 2 頁《道憲查禁淫戲》

光緒十六年（1890）六月十四日《禁止淫戲公告》

英會審員蔡太守奉到蘇藩司黃方伯禁演淫戲告示，發貼通街。今將憲示照錄於左：頭品頂戴江南蘇州等處承宣布政使司布政使黃，為明白示禁以端

風教而正民心事：照得演戲觀劇，事雖侈靡，於人無益，然由來已久。如將古來忠孝節義事通描摹演唱，亦屬可歌可泣、足以動人興感之心，是於無益之中尚不盡屬無益也。惟演唱淫戲易啟邪思，演唱武戲尤近誨盜。凡年輕子弟，血氣未定，觀此淫浪之劇，無不神馳心蕩，豔彼所為。其粗暴愚氓，性本非良，再看強悍之戲，更生桀黠之心，詡為英幹。光天化日之下，何容有此誨淫誨盜之為。若用之於廟臺酬神，尤屬荒謬。為此擇尤示禁，特仰戲園班頭、識目、戲腳人等知悉。自示之後，凡屬淫盜之闋，一概不准演唱。如敢故違，一經訪聞，定即封班拿究。須知不禁演戲已屬從寬，藐玩不遵即難寬貸。又查有小毛兒戲，男女不分，演唱淫曲，尤屬敗壞風氣，必應禁絕。其各凜遵，毋貽後悔。凜之切切，特示。計開：

淫戲如《賣胭脂》《打齋飯》《唱山歌》《巧姻緣》《珍珠衫》《小上墳》《打櫻桃》《看佛手》《挑簾裁衣》《下山》《倭袍》《瞎子捉姦》《送灰麵》（即《二不知》）《殺子報》（即《天齊廟》）《秦淮河》（即《大嫖院》）《關王廟》等戲；

強梁如《八蜡廟》《趙家樓》《青楓嶺》《潯陽山》（筆者按：應為《潯陽樓》）《武十回》《三上吊》《綠牡丹》《鴛鴦樓》《殺嫂》《刺媳》（筆者按：應為《刺嬸》）《盜甲》《劫獄》等劇，名目不勝枚舉，無非奸盜邪淫，凡若此者，均宜永禁。此外，或有褻神侮聖之戲亦不准演。

——1890 年 6 月 14 日《申報》第 3 頁《禁止淫戲公告》

光緒二十年（1894）內務府知照都察院咨文《禁演殘酷欺逼之戲》

管理精忠廟事務暫署堂郎中文為曉諭事：照得梨園演戲，優孟衣冠，原使貞淫美刺，觸目驚心，有裨風化也，故演唱者家形盡態如身親事，身歷其境。使坐視之人喜怒哀樂，有不容已焉耳。然有今來大不忍之事，言之尚不可，何事形諸戲場？如劇徽目中之《逼宮》等戲久經禁演。至如，崑目中之所言建文遜國故事，《慘都》《搜山》《打車》等戲，一併禁演。為此曉諭該廟首等，傳知各戲班，一體恪遵。如有明知故違，仍敢演唱，定懲不貸，凜之慎之，特示：右仰知悉。

——引自《齊如山全集》《戲班》一文

1911 年上海市警務局於《出示禁演花鼓淫戲文》

「為出示嚴禁事，照得花鼓淫戲，例禁森嚴。無論何時何地，概不准其搭臺演唱，已不啻三令五申。乃訪聞徐家匯地方各村宅，時有搭臺演唱之事，

且每於夜間十點鐘開臺，演至天明。聚而觀者，男女混雜，良莠不齊。既為風俗人心之害，又為地方淫盜之媒。禁止若不從嚴，貽害伊於胡底，為此出示嚴禁。」

1912 年 4 月 20 日北京外城巡警總廳請禁韓家潭一帶相公寓告示

「外城巡警總廳為出示嚴禁事：照得韓家潭、外廊營等處諸堂寓，往往有以戲為名，引誘良家幼子，飾其色相，授以聲歌。其初由墨客騷人偶作文會宴遊之地，沿流既久，遂為納污藏垢之場。積習相仍，釀成一京師特別之風俗，玷污全國，貽笑外邦。名曰『像姑』，實乖人道。須知改良社會，戲曲之鼓吹有功；操業優伶，於國民之資格無損。若必以媚人為生活，效私倡之行為，則人格之卑，乃達極點。現當共和民國初立之際，舊染污俗，允宜咸與維新。本廳有整齊風俗、保障人權之責，斷不容此種頹風尚現於首善國都之地。為此出示嚴禁，仰即痛改前非，各謀正業，尊重完全之人格，同為高尚之國民。自示之後，如再陽奉陰違，典買幼齡子弟，私開堂寓者，國律具在，本廳不能為爾等寬也。切切特示，右諭通知。」

1913 年 12 月 31 日湖北省政府頒布禁戲

「沙市商務繁盛，風俗淫靡。現該埠荊舞臺戲園，為招來生意，計招雇男女伶人合班演唱猥褻之劇，以鬥新奇。此等舉動實足敗壞風俗，有礙教化，爰令飭該埠警察廳長嚴行查禁」。

1913 年 4 月 4 日天津警察廳奉都督示諭

再次重申禁演三類戲劇：第一類「淫褻戲二十八種」，如《海潮珠》（即《避塵帕》）《青雲下書》《遺翠花》《小逛廟》《梵王宮》《富春樓》《送盒子》《老少換》《賣豆腐》《三隻手》《打槓子》《賣餑餑》《虹霓關》《雙鈴計》《雙釘計》《十二紅》《日月圓》《送燈》《賣胭脂》《百萬齋》《珍珠衫》《關王廟》《頂磚》《雙搖會》《打砂鍋》《背板凳》《雙沙河》《打櫻桃》；第二類「慘無人理之劇四種」，如《天雷報》《燒靈改嫁》《殺子報》《大劈棺》；第三類「不合國體之戲一種」，如《鐵公雞》。

1914 年安徽蒙城縣知事汪篋頒《禁止淫戲賭博文告》

「蒙城向有一種惡習，每至五月底起至八月止，藉買賣牛馬畜牲，名曰『青草市』，演唱拉魂腔及花鼓戲等，演戲並聚賭，敗壞風俗，勾引匪類，莫此為甚。」

1928 年國民政府第一次全國教育會議對戲劇教育提出兩項決議

「一、舊戲富於觀感性者，由教育當局詳細審定，認為於國俗民德有益者，聽其出演。其誨淫誨盜等劇，永遠加以禁止，犯者施以相當制裁。二、由大學院專設改良戲劇委員會。自定腳本，編為新劇。」

1929 年 10 月成立湖南省戲劇審查委員會

宗旨「是要改良戲劇，使戲劇黨化」，禁演《火燒紅蓮寺》《婊子過關》《賈氏扇墳》《殺蔡鳴鳳》《戲蚌》《長亭鬥火》《雄黃陣》《天河配》《遊月宮》等戲。1930 年 11 月，湖南省戲劇審查委員會通過劇目審定、師資檢定、班園管制，對戲劇進行審查、改良和控制，並於 1931 年 5 月 9 日，禁演《送銀燈》《斬花狐》《雙下山》《遺翠花》《女過關》《饅頭庵》《寶蟾送酒》《珍珠衫》《小上墳》《殺子報》《雙搖會》《瞎子捉姦》《賞花吃醋》《打櫻桃》《遊地府》《五雷陣》《順治門》《調二叔》《三隻手》《挑簾裁衣》等 20 齣傳統劇目。

1931 年 5 月上海市教育局領禁演神怪劇戲

「一、總綱。神怪劇戲，虛無幻渺，影響所及，為害甚烈；教育局爰定禁止辦法以期限禁絕。二、進行情形。本市《公共娛樂場所管理規則》業經公布，神怪戲劇原在取締之列，各舞臺仍賡續排演，殊屬非是，教育局更定禁止辦法二條：（一）登報通告各舞臺即日起不准再編排神怪劇；（二）業經排演之中各劇，為體念商艱計，暫准排演，但以二十年年底為限，逾期一律禁絕。現在排練各劇，應備申請書，附具劇情說明書，呈請登記，候派員調查核辦。三、結論。登報通告後，即照規定辦法執行，據天蟾舞臺呈報遵令修正《封神榜》，並經令飭齊天舞臺停演《樊梨花》劇。

1931 年由浙江省政府頒布的《浙江省審查民眾娛樂暫行規程》

《規程》中明確指出，任何戲劇必須經過教育廳、民政廳核准後才能上演，並具體臚舉戲劇禁演之事項：「一、違反黨義，提倡邪說者；二、跡近煽惑，有妨治安者；三、提倡封建思想者；四、提倡迷信者；五、跡近誨盜，引導作惡者；六、描摹淫藝，誘惑青年者；七、情狀慘酷，有傷人道者；八、侮辱個人或團體之情事者；九、其他有害於觀眾之身心者。」凡存上述其一之規定者，皆被列為禁戲。

1932 年 5 月西寧成立青海省戲劇編演委員會

該會由韓樹森等九人擔任委員，分設排演、審查、編輯、總務四科。該委員會規定禁演規章：一、違背三民主義者；二、牴觸國家政策者；三、分散抗日力量者；四、影響社會治安者；五、破壞善良風俗者。處罰的辦法分為：書面警告、勒令改進、短期停演、解散劇團。

1932 年 9 月 7 日浙江省民政廳和教育廳頒禁演劇目

《白蛇傳》《雙花卷》《白蛇傳》《二本關公走麥城》（又名《活捉呂蒙》）《火燒紅蓮寺》《芭蕉扇》《日月圖》《遊西湖》《大劈棺》《大補缸》《金釵家庭怨》。

1932 年 11 月 1 日北平市社會局戲曲審查委員會《章程》

第一條規定：「本會以審查北平市劇院所演戲劇及一切評書詞曲、幻燈片等力謀改善社會風化及輔助教育為宗旨。」

第四條規定：「本會所掌事物如左，關於新舊戲劇及評書、詞曲、各項劇本之審查及排演之檢查事項。」

第五條規定：「（甲）應提倡者（一）富有民族意義者；（二）描寫社會生活富有感化力者；（三）能增進民眾常識者。（乙）應取締者（一）違反黨義者；（二）有傷風化者；（三）違反事理人情者。」

1939 年 1 月北平市政府《令警察局、社會局：准內政部諮請禁止演唱淫劇附發禁演劇目令仰遵照由》

《雙釘記》《瑞雲庵》《送燈》《送盒子》《葡萄會》《廟中會》《狐狸緣》《也是齋》《遺翠花》《海潮珠》《賣胭脂》《段家莊》《殺子報》《迷人館》《雙鈴記》《塵緣記》《拿蒼蠅》等 17 齣戲禁演。

中華民國三十八年（1949）3 月 25 日《中國人民解放軍北平軍事管制委員會文化接管委員會禁演五十五齣含有毒的舊劇》的公告

多少年來，大部分舊劇的內容，就是替封建統治階級鎮壓人民的反抗思想和粉飾太平。現在，為了扭轉舊劇以封建利益為本位的謬誤觀點，主管機關已擬定長遠的改革方案和計劃，並決定目前有五十五齣舊劇必須停演，已志二十二日本報，茲將暫時停演劇目刊之於後：

其一，屬於提倡神怪迷信的：《遊六殿》《劈山救母》（《寶蓮燈》後部）《探陰山》《鍘判官》《黑驢告狀》（《打棍出箱》後部）《奇冤報》（《烏盆計》）

《八仙得道》《活捉三郎》（《烏龍院》後部）《三戲白牡丹》《盜魂鈴》《陰陽河》《十八羅漢收大鵬》《打金磚》後部（《二十八宿歸位》）《唐明皇遊月宮》《劉全進瓜》《崑崙劍俠傳》《青城十九俠》《封神榜》（連臺本戲）全部《莊子》《飛劍斬白龍》全部《鍾馗》《反延安》《胭脂計》。

其二，屬於提倡淫亂思想的：《紅娘》《大劈棺》（《蝴蝶夢》）《海慧寺》（《馬思遠》）《雙鈴記》《雙釘記》《也是齋》《遺翠花》《貴妃醉酒》《殺子報》《胭脂判》《盤絲洞》《雙搖會》《關王廟及嫖院》（全部《玉堂春》前部）。

其三，屬於提倡民族失節及異族侵略思想的：《四郎探母》《鐵冠圖》《鐵公雞》八本《雁門關》。

其四，屬於歌頌奴隸道德的：《九更天》（《馬義救主》）《南天門》《雙官誥》（但《機房訓》除外）。

其五，屬於表揚封建壓迫的：《斬經堂》（《吳漢殺妻》）《遊龍戲鳳》（《梅龍鎮》）《翠屏山》《紅梅閣》《哭祖廟》。

其六，一些極無聊或無固定劇本的：《紡棉花》《戲迷小姐》《拾黃金》、《十八扯》《雙怕婆》《瞎子逛燈》等，一共五十五齣。

——見中華民國三十八年三月二十五日《北平新民報》刊《中國人民解放軍北平軍事管制委員會文化接管委員會禁演五十五齣含有毒的舊劇》的公告

1950 年至 1952 年期間文化部陸續公布的全國禁演劇目

1950 年到 1952 年文化部陸續公布了一系列在全國禁演的劇目。這些劇目是：

京劇：《殺子報》（一名《陰陽報》又名《油罈記》及《通州奇案》本清末實事，形象恐怖、淫惡。）

《雙釘記》（一名《白金蓮》。見《包公奇案》。內有淫殺成分。）

《奇冤報》（一名《烏盆計》，又名《定遠縣》。）

《大香山》（一名《妙善出家》及《白雀寺》。另有《觀音得道》。）

《雙沙河》（一名《土番國》，又名《人才駙馬》。老本有高能為高旺後之說，有色情成分。）

《鐵公雞》（三本一名《火燒向榮》，四本一名《雙奪太平城》，有時單獨演出。）

《全部鍾馗》（其中《嫁妹》一折保留。）

《海慧寺》（一名《雙鈴記》，又名《馬思遠》。有淫殺、恐怖成分。）

《滑油山》（一名《遊六殿》。）

《探陰山》

《關公顯聖》（一名《活捉呂蒙》，又名《玉泉山》、《二本走麥城》。演出時形象有恐怖成分。）

《活捉三郎》（一名《借茶活捉》。形象有恐怖成分。）

《大劈棺》（一名《蝴蝶夢》。演出多有色情、恐怖、庸俗醜惡表演。）

《引狼入室》

評劇：《黃氏女遊陰》

《活捉南三復》（一名《南三復》或《活捉安三富》。）

《因果美報》

《活捉王魁》

《全部小老媽》（又名《小老媽開嗙》。）

《僵屍復仇記》

《陰魂奇案》

川劇：《蘭英思兄》、《鍾馗嫁妹》

少數民族地區禁演的戲：《薛禮征東》、《八月十五殺韃子》

——上述禁戲的決定分別見自：

《中央人民政府文化部成立戲曲改進委員會——確定戲曲節目審定標準》（新華社 1950 年 7 月 27 日電訊）；

《中央文化部通令停演〈大劈棺〉》（1951 年 6 月 7 日）；

《中央文化部禁演〈全部鍾馗〉，崑曲〈嫁妹〉應予保留》（1951 年 7 月 12 日）；

《中央文化部為同意評劇〈黃氏女遊陰〉等六劇及同意京劇〈薛禮征東〉等兩劇不在少數民族地區演出由》（1951 年 11 月 5 日）；

《中央文化部禁演評劇〈小老媽〉的通知》（1952 年 3 月 7 日）；

《中央文化部查禁京劇本〈引狼入室〉的指示》（1952 年 6 月 21 日）。

1957 年 5 月 17 日《文化部關於開放「禁戲」的通知》

各省、自治區、直轄市文化局（廳）；本部直屬藝術事業單位：

解放初期，本部曾根據當時社會政治情況，經由戲曲界代表人物組成的「戲曲改進委員會」的研究討論，從一九五零年到一九五二年先後禁演了 26 齣戲曲。這些戲曲的禁演是有一定理由的，在當時基本上是正確的和必要的。

但是即使在當時，由於對這些禁演劇目的選擇不夠明確，缺乏分析，在執行中又造成了許多清規戒律，妨礙了戲曲藝術的發展。現在，全國大規模階級鬥爭已經基本結束，廣大人民群眾的政治覺悟已經有了很大提高，戲曲藝人已經能夠更好地掌握劇目。為了貫徹「百花齊放、百家爭鳴」的方針，一九五六年舉行了第一次劇目會議和今年舉行的第二次劇目會議，都曾決定開放劇目，並且收到了良好的效果。為了進一步推動藝術事業的繁榮和發展，本部現再決定，除已明全解禁的《烏盆計》、《探陰山》外，以前所有禁演劇目，一律開放。今後各地對過去曾經禁演過的劇目，或者已經修改後上演，或者照原本演出；或者經過內部試演後上演，或者徑行公開演出，都由各地劇團及藝人參酌當地情況自行掌握。以上希望道知各地藝術事業單位（包括民間職業劇團）。

1980 年 6 月 6 日文化部再次下發的《關於制止上演「禁戲」的通知》

文化部在一九五○年至一九五二年期間，曾明令禁演二十六個戲曲劇目。據瞭解，近來有些地區個別劇團（包括未經合法手續自行組織起來的劇團和某些業餘劇團），竟又上演這些劇目，向群眾散播毒素，影響很壞。對這種現象，希望各地採取適當方式加以制止，不能任其自流。

我部曾於一九七九年九月，根據當時戲曲、曲藝上演節目的情況，發出了《關於加強戲曲、曲藝上演節目的領導和管理工作的通知》，這個通知目前仍然適用，望各地繼續參酌執行。

從一九五○年到一九五二年文化部陸續明令禁演的劇目

京劇：《殺子報》、《海慧寺》（馬思遠）、《雙釘記》、《滑油山》、《引狼入室》《九更天》、《奇冤報》、《探陰山》、《大香山》、《關公顯聖》、《雙沙河》、《活捉三郎》、《鐵公雞》、《大劈棺》、《全部鍾馗》（其中《嫁妹》一折保留）

評劇：《黃氏女遊陰》、《活捉南三復》、《全部小老媽》、《活捉王魁》、《僵屍復仇記》、《因果美報》、《陰魂奇案》

川劇：《蘭英思兒》、《鍾馗嫁妹》

少數民族地區禁演的戲有：《薛禮征東》、《八月十五殺韃子》等

文化部 1986 年 6 月 17 日給北京市、上海市文化局《關於同意崑劇〈活捉〉經整理修改後可恢復上演》的覆函中，重申對京劇《烏盆計》、《探陰山》仍應按 1956 年 10 月 5 日文化部《為通知京劇〈烏盆計〉經適當修改後可恢復上演》〔56〕文錢戲字第 180 號和 1957 年 5 月 10 日《關於京劇〈探陰山〉

經過適當修改後可以恢復上演的通知》的原則辦理。

一九五一年五月二十日毛澤東《應當重視電影〈武訓傳〉的討論》

《武訓傳》所提出的問題帶有根本的性質。像武訓那樣的人，處在清朝末年中國人民反對外國侵略者和反對國內的反動封建統治者的偉大鬥爭的時代，根本不去觸動封建經濟基礎及其上層建築的一根毫毛，反而狂熱地宣傳封建文化，並為了取得自己所沒有的宣傳封建文化的地位，就對反動的封建統治者竭盡奴顏婢膝的能事，這種醜惡的行為，難道是我們所應當歌頌的嗎？向著人民群眾歌頌這種醜惡的行為，甚至打出「為人民服務」的革命旗號來歌頌，甚至用革命的農民鬥爭的失敗作為反襯來歌頌，這難道是我們所能夠容忍的嗎？承認或者容忍這種歌頌，就是承認或者容忍污蔑農民革命鬥爭，污蔑中國歷史，污蔑中國民族的反動宣傳，就是把反動宣傳認為正當的宣傳。

電影《武訓傳》的出現，特別是對於武訓和電影《武訓傳》的歌頌竟至如此之多，說明了我國文化界的思想混亂達到了何等的程度！

特別值得注意的，是一些號稱學得了馬克思主義的共產黨員。他們學得了社會發展史——歷史唯物論，但是一遇到具體的歷史事件，具體的歷史人物（如像武訓），具體的反歷史的思想（如像電影《武訓傳》及其他關於武訓的著作），就喪失了批判的能力，有些人則竟至向這種反動思想投降。

資產階級的反動思想侵入了戰鬥的共產黨，這難道不是事實嗎？一些共產黨員自稱已經學得的馬克思主義，究竟跑到什麼地方去了呢？

——見自一九五一年五月二十日《人民日報》社論《應當重視電影〈武訓傳〉的討論》

一九五四年十月十六日毛澤東《關於紅樓夢問題的一封信》

「被人稱為愛國主義影片而實際是愛國主義影片的《清宮秘史》，在全國放映後迄今沒有批判，如果不批判，就是欠了這筆債。」

一九六二年九月二十四日，毛澤東在中國共產黨第八屆中央委員會第十次全體會議的講話

「利用小說進行反黨活動，是一大發明」「凡是要推翻一個政權，總要先造成輿論，總要先做意識形態方面的工作。革命階級是這樣，反革命的階級也是這樣。」

一九六三年三月二十九日，中共中央批轉文化部黨組《關於停演「鬼戲」的請示報告》

各中央局，各省、市、自治區黨委，西藏工委，文化部黨組，軍委總政治部，全國總工會，全國文聯和各協會黨組，人民日報，新華社，紅旗雜誌：

中央同意文化部黨組《關於停演「鬼戲」的請示報告》，現發給你們，請通知有關的文化部門和藝術團體照此執行。執行中有什麼問題和意見，請直接告訴文化部。

在停演「鬼戲」和「迷信戲」後，中央和省、市、自治區文化部門，還應大抓戲曲改革工作，這樣，才能在戲曲中認真實行「文藝為社會主義服務、為工農兵服務」和「百花齊放，推陳出新」的方針。

中央　一九六三年三月二十九日

附：文化部黨組關於停演「鬼戲」的請示報告（一九六三年三月十六日）

中央宣傳部並報中央：

我國傳統戲曲中，原有不少出現鬼魂的劇目。解放初期，在黨的戲曲改革方針的指導下，具有嚴重毒素的「鬼戲」一般均已停止上演。但是，有一些思想內容比較好、表演藝術又較有特色的劇目（如《焚香記》、《鍾馗嫁妹》、《位子都》等），仍繼續演出。近幾年來，「鬼戲」演出漸漸增加，有些在解放後經過改革去掉了鬼魂形象的劇目（如《遊西湖》等），又恢復了原來的面貌；甚至有嚴重思想毒素和舞臺形象恐怖的「鬼戲」，如《黃氏女遊陰》等，也重新搬上舞臺。更為嚴重的是新編的劇本（如《李慧娘》）亦大肆渲染鬼魂，而評論界又大加讚美，並且提出「有鬼無害論」，來為演出「鬼戲」辯護。對於戲曲工作的這種嚴重狀況，我們沒有及時地加以注意。雖然最近我們在戲劇工作者中間進行了反對「鬼戲」的討論和對「有鬼無害論」的批評，但對於劇團、特別是農村劇團上演「鬼戲」問題，還沒有採取進一步的措施，以致「鬼戲」還在流行，還在群眾中散播封建迷信思想。

我國廣大人民群眾（尤其是農民），在剝削階級的長期壓迫下，受迷信思想的影響比較深。近幾年來，城鄉人民中燒香、拜佛，以至蓋廟宇、塑菩薩等迷信活動又有所滋長。不少地區農村中的一些幹部和群眾，還以迎神、還願等名目，邀請劇團大演《目蓮戲》和其他「鬼戲」。事實證明，「鬼戲」的演出，加深了人們的迷信觀念，助長了迷信活動，戕害了少年兒童的心靈，妨礙了群眾社會主義覺悟的提高。而反革命分子和反動會道門也就利用群眾的

迷信進行活動。這種情況已經引起不少幹部和群眾的不滿，提出了責難和批評。

　　戲劇界對「鬼戲」問題的看法，目前還不一致。對於思想反動、形象醜惡恐怖的「鬼戲」，大家都認為不能演出；但對於那些在一定程度上反映了被壓迫者的反抗和復仇精神的「鬼戲」，則覺得還可以演出。我們認為，這兩類劇目雖則有所不同，但不能否認無論哪一類都首先肯定了人死變鬼的迷信觀點。即使有的「鬼戲」有它的好的一面，對於缺乏科學知識、還有濃厚的迷信思想的廣大群眾來說，還是存在著助長迷信的副作用。這是和當前我們要加強群眾的社會主義教育、克服各種落後思想和落後習慣的任務相牴觸的。

　　據瞭解，內容較好的「鬼戲」在一些劇種的劇目中只有少數幾齣，而這少數幾齣的主要角色又分屬於幾個行當，如果停演，對於劇團和藝人都不致造成困難。至於毒素嚴重、形象恐怖的「鬼戲」，則解放以後原已說服藝人停演。

　　因此，我們認為在當前形勢下，就廣大群眾的利益考慮，「鬼戲」有停演的必要；而對劇團來說，也不會有多大影響。具體措施如下：

　　一、全國各地，不論在城市或農村，一律停止演出有鬼魂形象的各種「鬼戲」。但原屬於「鬼戲」的片斷，而在這一片斷中並無鬼就出現等迷信成分的折子戲（如《焚香記》的《陽告》、《雙釘記》的《釣金龜》等），仍可演出。

　　二、各地文化行政部門和戲曲劇團應當同藝人合作，對那些主題思想比較健康但有鬼魂形象的劇目進行修改。這些劇目在去掉鬼魂形象和其他迷信成分以後，仍可繼續演出。如一時難以修改，應當先行停止上演，如何處理，將來再說。

　　三、當前應當停演的只是有鬼魂形象出現的各種「鬼戲」，其他以神話或傳說為題材並無鬼魂形象出現的劇目（如《天仙配》、《西遊記》、《白蛇傳》、《牛郎織女》、《寶蓮燈》、《劉海砍樵》等），不包括在內。但對神話劇也要注意避免渲染迷信成分和製造恐怖氣氛。

　　四、各省、市、自治區文化行政部門應當把到現在仍在本地區上演的各種「鬼戲」開列清單，並提出或者停演或者修改後再上演的意見，報請省、市、自治區黨委審查批准後執行，同時將處理情況報文化部。

　　五、新編劇本一律不得採用有鬼魂形象的題材。

　　六、戲曲研究部門或戲曲表演、教學單位如為了研究、教學需要，在內

部演出「鬼戲」，必須事先經過省、市、自治區文化行政部門批准。

七、曲藝中描寫鬼魂的節目，也應按照本報告的精神加以處理。

以上意見，是否妥當，請中央審核批示。

——文化部黨組一九六三年三月十六日

一九六七年五月十六日中共中央發布的關於發動無產階級文化大革命的《五一六通知》

「混進黨裏、政府裏、軍隊裏和各種文化界的資產階級代表人物，是一批反革命的修正主義分子，一旦時機成熟，他們就會要奪取政權，由無產階級專政變為資產階級專政。這些人物，有些已被我們識破了，有些則還沒有被識破，有些正在受到我們信用，被培養為我們的接班人，例如赫魯曉夫那樣的人物，他們現正睡在我們的身旁，各級黨委必須充分注意這一點。」

——毛澤東在修改《五一六通知》時加寫的文字

一九六七年五月二十五日《人民日報》再次刊發毛澤東《看了〈逼上梁山〉以後寫給延安平劇院的信》（寫於一九四四年一月九日）

「歷史是人民創造的，但在舊戲舞臺上（在一切離開人民的舊文學舊藝術上）人民卻成了渣滓，由老爺太太少爺小姐們統治著舞臺，這種歷史的顛倒，現在由你們再顛倒過來，恢復了歷史的面目，從此舊劇開了新生面，所以值得慶賀。你們這個開端將是舊劇革命的劃時期的開端，我想到這一點就十分高興，希望你們多編多演，蔚成風氣，推向全國去！」

——毛澤東《看了〈逼上梁山〉以後寫給延安平劇院的信》

（寫於一九四四年一月九日）

毛澤東《在一九六三年九月的中央工作會議的講話》

「戲劇要推陳出新，不應推陳出「陳」，光唱帝王將相、才子佳人和他們的丫頭、保鏢之類。」「文藝部門，戲曲、電影方面也要抓一下推陳出新的問題，舞臺上盡是帝王將相、家丁、丫鬟。推陳出新，出什麼？封建主義？社會主義？舊形式要出新內容。上層建築總要適應經濟基礎。」

毛澤東《一九六三年十一月對文藝工作的批示》

「各種藝術形式——戲劇、曲藝、音樂、美術、舞蹈、電影、詩和文學等等，問題不少，人數很多。社會主義改造在許多部門中，至今收效甚微。許多部門至今還是『死人』統治著。不能低估電影、新詩、民歌、美術、小說的成

績，但其中的問題也不少。至於戲劇等部門，問題就更大了。社會經濟基礎已經改變了，為這個基礎服務的上層建築之一的藝術部門，至今還是大問題。這需要從調查研究入手，認真抓起來。許多共產黨人熱心提倡封建主義和資本主義的藝術，卻不熱心提倡社會主義的藝術，豈非咄咄怪事？」

一九六三年十二月十二日毛澤東《關於全國文聯和各協會整風情況的報告》的批示

「這些協會和他們所掌握的刊物的大多數（據說有少數幾個好的），十五年來，基本上（不是一切人）不執行黨的政策，做官當老爺，不去接近工農兵，不去反映社會主義的革命和建設。最近幾年，竟然跌到了修正主義的邊緣。如不認真改造，勢必在將來的某一天，要變成像匈牙利裴多菲俱樂部」。

一九六五年十二月二十一日毛澤東《在杭州同陳伯達、艾思奇、關鋒的談話》

「姚文元的文章也很好，點了名，對戲劇界、歷史界、哲學界震動很大，但是沒有打中要害。要害問題是『罷官』。嘉靖皇帝罷了海瑞的官，一九五九年我們罷了彭德懷的官。彭德懷也是海瑞。」

一九六六年四月十日《林彪同志委託江青同志召開的部隊文藝工作座談會紀要》

毛主席指出：全黨必須「高舉無產階級文化革命的大旗，徹底揭露那批反黨反社會主義的所謂『學術權威』的資產階級反動立場，徹底批判學術界、教育界、新聞界、文藝界、出版界的資產階級反動思想，奪取在這些文化領域中的領導權。而要做到這一點，必須同時批判混進黨裏、政府裏、軍隊裏和文化領域的各界裏的資產階級代表人物，清洗這些人，有些則要調動他們的職務。」

——見《林彪同志委託江青同志召開的部隊文藝工作座談會紀要》之《前言》

參考文獻

1. 張次溪編纂《清代燕都梨園史料》，中國戲劇出版社，1988 年版。

2. 路工選編《清代北京竹枝詞》，北京出版社，1962 年版。

3. 王大錯主編《戲考》，上海中華圖書館出版，臺灣里仁書局，1980 年再版。

4. 李洪春《京劇長談》，中國戲劇出版社，1982 年版。

5. 趙聰著《中國大陸的戲曲改革》，香港中文大學出版社，1969 年版。

6. 蕭長華著《蕭長華戲曲談叢》，中國戲劇出版社，1980 年版。

7. 平夫黎之編《中國古代的禁書》，中國青年出版社，1990 年版。

8. 劉烈茂等著《車王府曲本研究》，廣東人民出版社，2000 年版。

9. 北京市藝術研究所、上海藝術研究所編《中國京劇史》，中國戲劇出版社，1990 年版。

10. 蔡世成輯《申報京劇資料選編》（內部發行），1994 年版。

11. 王樹村編《戲劇年畫》，臺灣漢聲出版社，1986 年版。

12. 中國大百科全書出版社編輯部編《中國大百科全書·戲曲曲藝卷》，中國大百科全書出版社，1983 年版。

13. 金耀章主編《中國京劇史圖錄》，河北教育出版社，1989 年版。

14. 謝柏梁《中國當代戲曲文學史》，中國社會科學院出版社，1995 年 11 月版。

15. 周貽白《中國戲曲發展史綱要》，中國戲劇出版社、上海書店出版社，2004 年 3 月版。

16. 張大夏《國劇漫話》，臺灣明道文藝雜誌社，1980 年元月版。

17. 譚志湘、張平著《時代藝人喜彩蓮》，中國戲劇出版社，1990 年 4 月版。

18. 王安祈《臺灣京劇五十年》，臺北傳藝中心出版，2002 年版。

19. 連橫《雅言》，《臺灣文獻叢刊》，第 166 種。

20. 徐亞湘《日治時期中國戲班在臺灣》，臺北南天書局，2000 年版。

21. 王安祈《臺灣京劇新劇目》，中央戲劇學院學報，2003 年第 3 期。

22. 陳志明、王維賢《〈立言畫刊〉京劇資料造編》，2005 年 11 月版。

23. 張伯駒《紅毹紀夢詩注》，遼寧教育出版社，1998 年 3 月版。

24. 胡沙著《評劇簡史》，中國戲劇出版社，1983 年版。

25. 傅瑾《近五十年「禁戲」略論》，中國論文下載中心，2006 年 1 月版。

26. 中國戲曲志編輯部編《中國戲曲志》，中國 ISBN 中心，1994 年版。

27. 《毛澤東選集》，人民出版社。

28. 《林彪同志委託江青同志召開的部隊文藝工作座談會紀要》，人民出版社出版，1966 年版。

29. 《百度信息網站》參考資料。